世界の予言2.0
陰謀論を超えていけ キリストの再臨は人工知能とともに

深月ユリア

明窓出版

第2章　世界の未来を読み解く――中東戦争・第3次世界大戦が勃発し、北朝鮮は崩壊する!?

第3章 私たちの未来を読み解く――人工知能が人間に反旗を翻し、仮想通貨は「人類奴隷化計画」に使われる!?

まえがき

アメリカのトランプ大統領就任から激動の幕開け、そして朝鮮情勢のさらなる緊迫化と共に幕を閉じた２０１７年。各国メディアでもいよいよ朝鮮半島で日本をも巻き込んだ戦争が勃発する可能性が示唆されている。

朝鮮半島以外でも、中東では制圧され規模は縮小したものの、依然としてイスラム国（ＩＳ）の脅威が残っている。イスラム国が完全には制圧されないのは、各国の軍産複合体が秘密裏に資金援助し、石油の売買をしているからではないか――。

トルコのエルドアン首相とイスラム国のつながりはすでにリークされていて、アメリカ中央情報局（ＣＩＡ）と国家安全保障局（ＮＳＡ）でアメリカの情報収集活動に従事していたエドワード・スノーデン氏は、「イスラム国指導者のバグダディはＣＩＡとＭＩ６（イギリスの情報機関の一つ）が育成した」と発言している。

そして、大手メディアでは報道されないが、イスラエルでは２０１６年にソロモン神殿再建委員会が作られ、ソロモン第三神殿の建設計画が進んでいる。親イスラエルのトランプ大統領は、イスラエルの米国大使館をエルサレムに移転すると発表した。

そうなると、今後イスラエル・パレスチナ情勢のさらなる緊張も予測されるだろう。2018年はますます激動の年になるに違いない。

わが国では、2017年10月の参院選において憲法改正を強く支持する安倍自民党が大勝した。朝鮮半島での、もしくは中東での戦争に、米国の援軍として自衛隊が送り込まれる可能性はゼロではないだろう。

筆者はポーランドの魔女とアイヌのシャーマンの血を受け継ぎ、魔女として未来を占いつつ、大手メディアでは利権が絡むため、なかなか報道されないニュースを報じるジャーナリストとして活動している。

本書では、今後危惧される予言を扱う。

第1章では日本の未来について、第2章では世界の未来について、第3章ではわれわれ人類の進化についての予言を取り上げる。そして、筆者の意見に限らず、より広い知見に基づいて未来を占うため、各章の最後に予言者や各界の研究家・専門家にインタビューした未来予想をご紹介する。

本書は、ここでご紹介している予言が当たり、「この本はすごい！」とほめられるために執筆したわけではない。中には恐ろしい予言もあるが、そうした内容が知られることで、なるべく多くの人々に「そんな未来は嫌だ」と思っていただきたいと思って書いたものである。**多くの人々が「そんな未来は嫌だ」と思ってくだされば、本書に書かれた予言は成就しにくくなる。**われわれすべての人間は「念」という霊力・超能力のようなパワーを持っているからだ。

本書では予言をご紹介するのみならず、なぜこのような恐ろしく悲しい未来になる可能性があるのか、世界の裏の権力構造についても解説していく。大手メディアでは決して報じられない話も多いが、多くの人々に知れ渡ることで、人々の「意識」が――そして「行動」が――変わることを願う。

人々が変わり、世界が変わることで、恐ろしい予言が成就しないことを願って――。

深月　ユリア

２０１８年2月

第1章

日本の未来を読み解く——東京オリンピック後に日本は崩壊し、キリストが再臨する!?

２０２０年オリンピック開催後10年以内に日本は崩壊する!?

◆「独裁国家がオリンピックを開催すると、その国家は10年以内に崩壊する」という不吉な法則

２０２０年の東京オリンピックは占星術的には「不吉」だと多くの予言者・占術師たちが言っている。ただし「オリンピックが不吉」なのは、実は東京オリンピックに限ったことではない。

過去の事例から分析して、オリンピックに因んだある不吉な法則があるのだ。それは「独裁国家がオリンピックを開催すると、その国家は10年以内に崩壊する」という法則である。

以下が過去の事例だ。

１９３６年にベルリンオリンピックを開催したヒトラー政権下のドイツは、９年後に第２次世界大戦に敗戦。１９８０年にモスクワオリンピックを開催した旧ソ連はその６年後にチェルノブイリ原発事故が起き、そして１９８９年には東欧革命により旧ソ連自体が解体した。１９８４年にサラエボ五輪を開催したユーゴスラビアも、８年後には当時の体制が崩壊した。

１９６４年に最初の東京五輪を開催した日本、１９８８年にソウル五輪を開催した韓国は

国家崩壊まではいかずとも、それぞれ深刻な経済危機に陥った。

そして、2008年に上海（北京）五輪を開催した中国では、2016年8月に株式市場で「上海ショック」が起き、現在も経済状態が危ういといわれている。1908年の最初のロンドン五輪から4年後に第1次世界大戦が勃発、2012年に二度目のロンドン五輪が開催されたが、それから4年後にイギリスの「EU離脱」が決まった。

ヨーロッパの中で孤立してしまうイギリスも、今後何が起きるかわからない状態にある。

【過去事例】

1936年　ベルリン五輪

1945年　ドイツ敗戦、東西ドイツ分割へ

1980年　モスクワ五輪

1986年　チェルノブイリ原発事故

1989年　ベルリンの壁崩壊、東欧民主化、ソ連解体へ

1984年　サラエボ五輪
1992年　ボスニア内戦勃発、ユーゴ連邦崩壊へ

その他、独裁国家の崩壊ではないが、10年以内に危機が訪れた例でいえば、

1908年　ロンドン五輪（1回目）
1914年　第1次世界大戦勃発
1918年　第1次世界大戦終戦

1964年　東京五輪
1973～4年　第1次オイルショック

1988年　ソウル五輪
1997年　韓国経済危機、IMF管理下へ

２００８年　北京五輪
２０１６年　上海ショックで株式市場暴落、中国は２０１８年までに経済崩壊⁉
２０１２年　ロンドン五輪（２回目）
２０２２年　ＥＵ離脱によりヨーロッパの中で孤立⁉

◆「オリンピックは闇の勢力イルミナティのメッセージを発信する場だ」という陰謀論

オリンピックは世界の多くの人々にとっては、「スポーツの祭典」という程度の認識しかないだろう。しかし、実は「オリンピックは闇の勢力イルミナティのメッセージを発信する場だ」という陰謀論がある。

2008年北京オリンピックのロゴ。人間の形を分解すると「ZION（シオン）」と読める！

２００８年、中国の北京オリンピックのロゴは、「Ｚ・Ｉ・Ｏ・Ｎ（シオン）」の文字を組み合わせた人間型のシンボルであっ

「万物を見通す目」
（米国１ドル札より）

012 年ロンドンオリンピックのイメージマスコットはフリーメイソンの「万物を見る目」そっくりだ。お腹のロゴはこちらも並べ替えると「ZION（シオン）」と読める。

た（シオンはエルサレム南東部の丘で、ユダヤ教の聖地であり、エルサレムの象徴とされる）。２０１２年ロンドンオリンピックのイメージマスコットは、フリーメイソンの「万物を見通す目」そっくりで、やはりロゴには「ＺＩＯＮ（シオン）」の文字が使われており、陰謀論・オカルト系のインターネットサイトで話題になった。

さらに、オリンピックの聖火リレーは、ヒトラーの国民啓蒙・宣伝大臣であり神秘主義者だったヨーゼフ・ゲッベルス監視のもと、ドイツ人のカール・ディームがオリンピック組織委員会を指揮して、１９３６年のベルリン大会（ナチ・オリンピック）で初めて導入された。それがその後も継続されているのである。このとき、すべてのトーチにドイツの兵器製造会社「クロップス」のロゴが入っていた。

ヒトラーは世界に対し、ベルリンオリンピックによってナチスと「ドイツ帝国」の力を誇示したのだ。

日本の安倍政権も、独裁とまではいかなくても、共謀罪を強行採決したり、自民党総裁任期を９年に延ばしたりした。国連から共謀罪は「危険な法案」だと批判されるだけでなく、かねてより各国から「独裁政権」と批判されたこともあった。そして、「都政改革本部（本部長：小池百合子）」の調査チームによると、「東京オリンピックの総費用は３兆円を超す」と分析されている。また、経済学者の老川慶喜《おいかわよしのぶ》氏らもオリンピックの経済効果に疑念を抱いている。

ここで述べた「不吉なジンクス」が実現するとしたら、わが国も東京オリンピック開催後10年以内の２０３０年までに崩壊するのだろうか？

参考：http://ameblo.jp/sekainosyoutai/entry-11603794123.html

伊勢神宮にユダヤの秘宝・アークがあるとノストラダムスが予言した

◆皇室行事を東京都と京都府で行う双京構想は実現するか

天皇陛下が退位後に京都にお住まいになり、京都も首都としての役目を果たす「双京構想」説が話題になっている。双京構想とは、京都を文化面の首都と位置付けて、皇室行事を東京都と京都府で行う構想である。

双京構想は、2010年に立ち上げられた「京都の未来を考える懇話会」による第1次提案の一部として、東日本大震災から1年後に当たる2012年に発表された。皇族の一部が京都に滞在し公務を行うことで、皇室にとってより安全な環境を築くことなどを目的とする。

京都府・京都市では有識者への構想に対する意見聴取を行い、政府への要望などが行われている。具体案としては、明治時代に廃止された節会《せちえ》（五節句）などの宮中行事を再開したり、園遊会や歌会始などを実施したりする形で、皇族の京都滞在の機会を増やす取り組みが検討されているという。

昨今では、京都の他に奈良県も候補に入って準備しているようで、天皇陛下のお住まいは京都御所になるとは限らない。一方、「三重県の伊勢神宮近辺になるのではないか？」という説も密かに囁かれている。

世界の文明に関して「ガイアの法則」という考え方がある。もともと「地球は一つの生命体であり、自己調節システムを備えている」と唱える「ガイア理論」があったが、それの応用として「生命に寿命があるように、人類の集合体としての文明にもバイオリズムと寿命というものがある」とする「ガイアの法則」が唱えられているのだ。

「ガイアの法則」によると、世界の文明の拠点は１９９５年以降日本に移行していて、次の文明は東経１３５～１３６度辺り、つまり伊勢神宮近辺の位置になるという。

◆シュメールの叡智は日本人にもユダヤ人にも受け継がれた

「ガイアの法則」を唱えているのは、作家・日本文化研究家の千賀一生《ちがかずき》氏だ。千賀氏は２００３年にバクダッドのエリドゥ遺跡で神秘体験をし、その体験を通じてシュメールの神官に出会い、この法則の知識を伝授されたという。

「ガイアの法則」によると、

①文明はシュメールから始まり、1611年に一度、地球の16分の1の距離（22・5度）を移動していく。

②文明は西と東を交互に（各800年程度、東西合わせて1611年）、DNAのらせん構造のように移動する。西に移動した場合は物質文明が栄えて、東に移動した場合は精神文明が栄える。

なぜ「1611年」なのかというと、そのサイクルは、地球の歳差《さいさ》運動に関係するという。

イラク・バクダッドのエリドゥ遺跡（2011年撮影）

地球の地軸は傾いているので、傾いたコマが回転するときのように微妙なズレが生じる。この傾いた軸が一回転する歳差運動の1スピンに2万5776年を要するという。そしてその16分の1が「1611年」である。

シュメール人たちは宇宙の万物が16分の1のリズムから成り立つと考えていた。万物には4つの節目があり、この4分の1のリズムをさらに4分割すると16分の1となる。つまり、4・4・4・4のリズムで構成されていることになる。

人間の呼吸も4回で1セットのリズムを持ち、1呼吸につき心臓は４回脈打つ。われわれの睡眠もレム睡眠とノンレム睡眠との90分＝１・５時間サイクルだが、これはちょうど１日24時間の16分の１である。

つまり、われわれの生命も４×４＝16のリズムで生かされているのだ。古来、古今東西の宗教儀式には16ビートの曲が用いられてきた。

千賀氏によると、シュメールの叡智は日本人にもユダヤ人にも受け継がれたという。神道にも天皇家の「十六菊花紋」が存在し、ユダヤ教にも「十六菊花紋」にそっくりなシンボルがある。

地球の文明の中心となる地域は、

①世界一の国際性がある。

②世界一の諸外国や後の時代への影響力がある。

③世界一の生活水準の高さがある。

④世界一の知的水準の高さを持つ。

という特徴がいずれも当てはまる。

この法則はただのスピリチュアル・オカルト理論ではなく、世界の歴史の理にかなっている。

◆「次に栄える文明の拠点」に伊勢神宮も含まれる！

地球の文明の歴史を大まかに見てみよう。

約6400年前　最古のシュメール文明が始まった。文明の経度は東経45度、ここから文明の東向きスピンが始まった。

約5600年前　インダス文明の前身、前インダス文明が始まった。経度は東経67・5度。ここから文明の西向きスピンが始まった。

約4800年前　インダス文明発生。（東）東経67・5度

約4000年前　メソポタミア文明発生。（西）東経45度

約3200年前　ガンジス文明発生。（東）東経90度

約2400年前　ギリシャ文明発生。（西）東経22・5度

約1600年前　唐文明発生。（東）東経112・5度

約800年前　アングロサクソン文明発生。（西）0度

ここにエジプト文明が入っていないのは、エジプト文明が栄えた時期について近年論議が分かれているためだ。従来の紀元前3000年ではなく、1万年以上前だという説も浮上している。

８００年前より、アングロサクソンの本拠地イギリスを中心とした文明が栄えている。世界中で使用されている地球儀の経線が、ロンドンのグリニッジ天文台を中心としているし、英語は世界公用語だ。

世界を牛耳っているといわれるのはイギリスのロスチャイルド家で、米国のロックフェラー家もロスチャイルド家によって育てられた。

１９９５年まではアングロサクソンの「物質時代」だったが、以降は、イギリス・アメリカが衰えていき、文明の拠点は東に移動しつつある。今や、日本・中国はアメリカに次ぐ経済大国となった。

ガイアの法則によると、次に栄える文明の拠点は、東経１３５～１３６度になる。東経１３５度は明石・淡路辺りだが、東経１３６度には言うまでもなく日本で最も重要な神社の一つで天照大神を祭っている伊勢神宮がある。これは偶然とは思えない。

イギリスのＥＵ離脱はアングロサクソン支配の終焉、大英帝国の弱体化の象徴のようにも思える。

◆伊勢神宮にアークがあるとノストラダムスが予言していた⁉

伊勢神宮のある三重県が首都になることについて、ある予言が存在する。なんとノストラダムス予言である。

その前に、日ユ同祖論について簡単に説明しておきたい。「失われたイスラエル10支族がたどり着いたのは日本ではないか？」という説だ。「失われたイスラエル10支族」とは旧約聖書に記された12部族のうち、ユダヤ人が世界で流浪の民となってから、行方が知られていない部族である。

特に伊勢神宮がある東経136度や淡路島の東経135度付近では、神道の儀式にユダヤ教と類似する点が多く、ユダヤ遺跡が発見されている。神道もユダヤ教も「ダビデの星」＝六亡星を重宝し、神主と古代イスラエルの祭司の礼服は類似している。白衣装の袖には「房」があり、塩を「お清め」に使う風習も神道・ユダヤ教の両方にあり、拝礼の仕方も類似している。御神輿《おみこし》のルーツはユダヤの「契約の箱」だといわれている。

1952年10月には淡路島のイスラエル塚でユダヤの漬物石が、後日にダビデの紋章の入った指輪が発見された。さらに、近隣に「灘油谷《なだゆだに》」というユダヤを思わせる地名まである。

千賀氏が出会ったシュメールの神官は、「あなたの国、日本の歴史は、あなた方が神話として知るアマテラスの時代からユダヤの血縁が関与している」と言ったという。そして、日

御神輿（右）のルーツはユダヤの「契約の箱（アーク）」（左）か⁉

本人もユダヤ人もシュメール人の子孫だとも言ったという。

かつて、天皇は「スメラミコト」と呼ばれたが、「スメラミコト」のスメラはシュメール（sumer）の意」という説もある。日本とユダヤの宗教の大きな違いは、神道が多神教、ユダヤ教が一神教だとされる点だが、聖書の神話は多神教のシュメール神話をもとにしているという説もある。

また、日本語は世界でも非常に特徴的な言語だが、近年の研究によるとシュメール語と類似点が多いという。

ユダヤ人はシュメールの叡智を受け継ぎ、その知識は彼らの移住ルートにも受け継がれた。例えば、アブラハムは東経45度の地で生まれたし、その子イサクは東経33・75度の地で生まれた。つまり、この親子は地球の32分の1、すなわちちょうど11・25度移動したのである。

さて、ノストラダムスの予言に話を戻すと、次のような予言がある（傍点は筆者）。

「西方の者たちにより宝は運び出され、神殿に隠される。
その場所にある秘密も、隠され、
飢えた徒党は、神殿を開くだろう。
略奪するが、再び取り返される。その中で恐怖の祈祷が」
(『諸世紀』第10巻81番)

「雷で櫃の中にある金と銀が熔かされるだろう。
二人いる捕虜の一人がもう一人を食うだろう。
巨大な都市は倒壊し、
艦隊が沈没して、人々が泳ぐときに」(『諸世紀』第3巻13番)

「黄金で飾られた偉大なる製造物。
略奪の憂き目にあうが、水の中に投げ入れられる。
すさまじい火を放つために発見され、
大理石に彫られた書き付けは、教訓を与える」(『諸世紀』第8巻28番)

「包囲され、略奪され、貴重なる獲得物は、取り返される
それは聖なる出来事の起きる日と変わり通過し、
奪い返され、捕縛される、三つの重なりの地から
さらに、水底からしるしが現れ、権威の存在が引き上げられる」
（『諸世紀』第7巻73番）

「宝」はユダヤの「三種の神器」の「マナの壺」であるといわれてきた。伊勢神宮には「三種の神器」の「真名《まな》之壺」が「御神輿」の中に入っているという。「御神輿」は別名「御船代《みふなしろ》」と言うが、英語に訳すと「アーク」である。つまりユダヤの「契約の箱」である。

「契約の箱（アーク）」の中に収まるユダヤの「三種の神器」。一番左が「マナの壺」

「西方の者たち」とは、西方から日本に海を渡ってきたイスラエル10支族を指すのではないだろうか？　最近になって、伊勢湾の海底に石の構造体が発見されたが、これはモーセの石版ではないか、とも囁かれている。

「略奪」とは、国を追いやられすべてを奪われたユダヤ人の歴史を意味するのか、あるいは戦後実質的に日本を植民地化して

しまったアングロサクソン文明を表しているのかもしれない。アングロサクソン文明によって、物質的なものは栄えたが、われわれ日本人が古くから大切にしてきた精神がまさに「略奪」されたようにも思える。

となると、「三つの重なりの地」とはやはり三重県に違いない！

シュメールの叡智を受け継ぐイスラエル10支族が、「ガイアの法則」で次の文明の拠点となる地点（日本）に、かつて来訪していたのも偶然とは思えない。

三重県の伊勢神宮付近に天皇陛下が移られ、東京と三重県との双京になる可能性は十分あるだろう。そして、近年、懸念されている首都直下型地震が勃発すれば、東京が首都でなくなる可能性も否めない。

「巨大な都市は倒壊し」が現在の首都、東京を表していなければよいのだが――。

伊勢神宮の外宮

◆「カゴメの歌」は日本にキリストが再臨することを予言していた!?

もう一つ、三重県が文明の中心になるということを予想させ

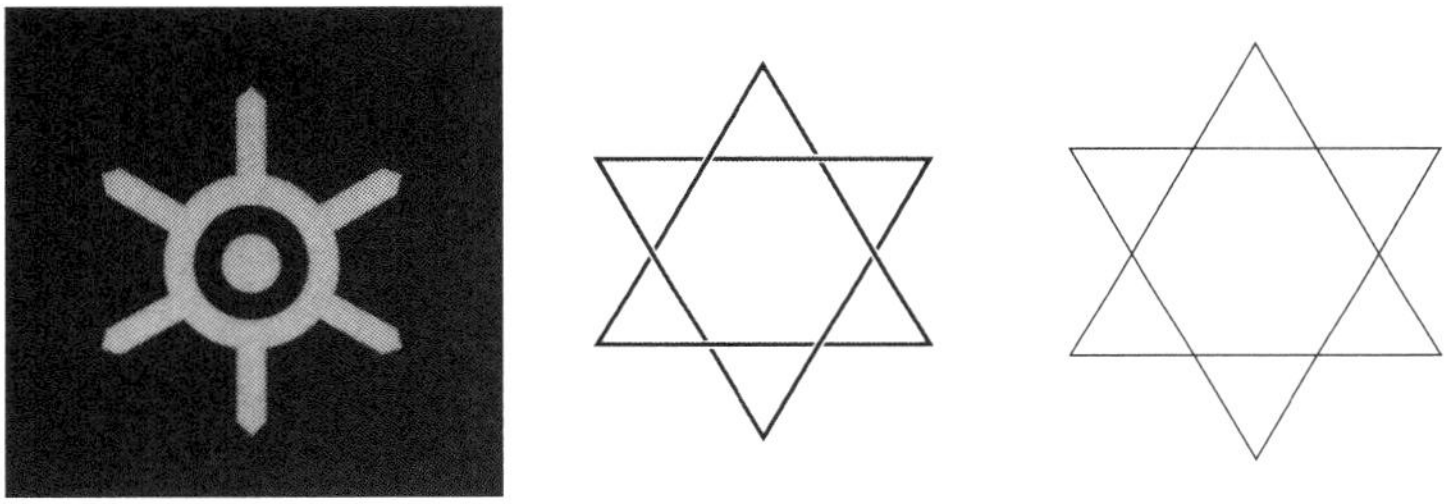

六芒星（右）とカゴメ紋（中央）と東京都旗

る予言歌がある。「カゴメカゴメ」の歌だ。かねてより、この歌は予言歌だといわれてきた。

「かごめかごめ　籠の中の鳥は　いついつ出やる
夜明けの晩に　鶴と亀がすべった　後ろの正面、だあれ」

この歌には、「籠の中の鳥はキリストだ」「突き落とされて流産した歌だ」「鶴は伊勢神宮、亀は出雲大社を表す」など様々な解釈がある。そして、以下の解釈もできる。

「鶴と亀がすべった」（滑った＝ガイアの法則通り文明が移動する）

鶴は天照大神をイメージさせる朝鶴だろう。つまり鶴は天照大神を祭っている伊勢神宮である。伊勢神宮の内宮と外宮双方の元伊勢であり、本伊勢でもある「籠《この》神社」（京都府宮津市）の社紋は下り藤だが、裏社紋は六芒星となっている。六芒星とカゴメ紋が類似しているのはいうまでもない。

亀は東京都旗を表す。東京都旗は亀を真上から見た姿に似ていることから「亀の子マーク」と呼ばれることもある。「日」「本」「東」「京」「市」の漢字5文字を太陽から六方向に光が差すイメージで図案化し「日本の首都・中心地」として東京の発展を願う意図が込められているという。

「籠の中の鳥は　いついつ出やる」は、天照大神の「岩戸隠れ」と「岩戸開き」であろう。「岩戸隠れ」とは、天照大神がスサノオの激しい気性にお怒りになり、天の岩屋へお入りになると、世の中は真っ暗闇になり（日食）、世界に災いが溢れたという神話である。

日ユ同祖論において、天照大神はイエス・キリストと同一だと考える解釈もある。古代エジプト暦における太陽の復活祭が誕生日（12月25日）であるイエス・キリストと天照大神は、どちらも太陽神の化身である。また、昔の日本では死ぬことを「隠れる」と表現していた。

つまり、天照大神の「岩戸隠れ」と「岩戸開き」は、「イエス・キリストの死と復活」を意味しているというのだ。とすると、三重県（鶴）と東京都（亀）との双京の時代に文明が移動し、天照大神の世になる、という意味ではないだろうか？

日ユ同祖論でいえば、「天照大神＝イエス・キリスト」になるので、前記の予言は日本にキリストが再臨し、ついに放浪の民、イスラエル10支族の千年王国が訪れる、という意にも

とれる。ユダヤ人であったノストラダムスの予言が実現することになる⁉

◆日本を文明の頂点に立たせるのは「ガイア」の意思かもしれない

アングロサクソンが仕切っていた物質文明が終焉を告げ、東の精神文明が栄えるとしたら、それはイルミナティの弱体化とイルミナティ支配の終焉を意味することになる。今までの世を牛耳ってきた米国製偽《にせ》ユダヤ人ではなく、イスラエル10支族の本物のユダヤ人の世である。

第2次世界大戦後にアングロサクソンの大量生産・大量消費の資本主義文明が入ってくる前は、日本人は森羅万象を尊び、自然を大切にし、謙譲と譲り合いの精神を重視してきた。

しかし近年は中東をはじめとして各地で内戦・紛争が絶えず、地球環境の破壊が年々深刻化していく。トランプ政権になってから中東地域ではいつ戦争が勃発してもおかしくない状況となったが、近代の戦争は特に米国を中心としたイルミナティの軍産複合体と武器商人の「ビジネス」として裏で絡んでいる例も多い。

かつてのイラク戦争や現在のシリア内戦もしかりで、わが国でも、北朝鮮を牽制するため日本海に展開していた原子力空母カール・ビンソンによって米国の軍事会社は利益を得たことになる。米国メディア「デモクラシー・ナウ」によると、米国最大手の軍事企業、ロッキード・マーチン社のCEOマリリン・ヒューソン氏は電話会談で行われた投資家向けの収支報告会で、ドイツのアナリストの記者から「イランと米国との間で核開発に向けた平和合意が実現したら、御社は潤わなくなるんじゃないですか？」と質問されて、「まだ北東アジア（中国や北朝鮮）の市場があるので大丈夫です」と答えたという。

つまり、戦争は武器の大量生産・大量消費のサイクルをうまく循環させるための、アングロサクソンの「物質文明」がもたらしたガンなのである。環境問題にしてもしかり。「物質文明」は終わりを迎えないと、地球が危機にさらされる。

しかし、今後日本が世界の文明の頂点に立つとしたら、このような負のサイクルに歯止めがかけられるのかもしれない。

千賀一生氏が神秘体験を通して出会ったシュメールの神官によると、「惑星も生命体である」という。そして、地球を一つの生命体と考える「ガイア理論」でも地球は「生きている」とされる。日本を文明の頂点に立たせるのは、アングロサクソン文明によって疲弊させられた「地球の意思」でもあるのかもしれない――。

ヒトラーは日本に関することを含め、数多くの予言をしていた！

◆ヒトラーは世界の構図や未来予言について告げる「あいつ」と出会った

第２次世界大戦を引き起こし、狂気と言えるほどの憎悪をユダヤ人に向け、ユダヤ人を虐殺した20世紀最悪の「悪魔」――アドルフ・ヒトラーは、実は予言者として多くの予言を残し、的中させてきたことを皆さんはご存じだろうか？

ヒトラーはオカルティズムに傾倒し、多くの有力な占い師・呪術師を抱えて、チャネリングも行っていた。一説にはナチス・ドイツは、チャネリンググループを作り、異星人から高度な科学技術の情報を入手することで、Ｖ２ロケットや大陸間弾道ミサイル等を開発して作ったともいわれている。Ｖ２ロケットとは第２次世界大戦中にドイツが開発した世界初のロケットである。

V2 ロケット（実物大の模型）

ヒトラーはＩＱが１５０近くもあったが、霊的感性も鋭かった。１９１４年に始まった第１次世界大戦に、ヒトラーは志願して参戦し、４年間に40回以上もの戦闘に参加した。そして、伍長としては異例の「一級鉄十字章」を受章するなど6回も表彰を受けた。

彼は前線で一番危険な任務である伝令兵を、いつも自ら買って出たが、前線で何度も奇跡的に命拾いをしたために、同僚の兵士たちから「不死身の男」と評されていた。

そしイラク・バクダッドのエリドゥ遺跡で、あるとき、ヒトラーは世界の構図や未来予言について告げてくれる「あいつ」と出会ったのだという。

ヒトラーはそのときのことを、

「異常変化であった。そのときから、これから起こることがすべてわかるのだと感じ、実際にわかったのだ。人類の未来が見えた。『そうだ、その通りになる。おまえはその力を持ち、おまえにはわかる』と、『あいつ』も耳もとで囁いた」

と語ったとされる。

第1次世界大戦が終わっても、「あいつ」はヒトラーから離れなかった。ヒトラーは「ついには、私の体の中にほとんどの間棲みつくようになった」と表現している。その後、「あいつ」は、ヒトラーに様々な未来予言を告げ始める。

「アドルフ、おまえは選ばれた。試練にも耐えた。おまえはドイツ民族を率いてヨーロッパを支配し、新しい世界を創る。それがおまえの使命だ。おまえがやらなければ、今世紀後半も21世紀も、ユダヤが地球を支配することになる。金も食糧も兵器もユダヤが支配する。世界はユダヤとその代理人たちのものになる。

だから、ユダヤを倒せ。それには、まず政権を握れ。片足の不自由な変な小男が見つかる。その男は天才で、おまえの一番の協力者になる。

その男を十分に利用すれば、おまえは45歳になるまでに政権を手に入れる。50歳で世界征服の戦争が始められる。それを忘れるな。おまえは25歳で選ばれて能力を得、50歳で、世界征服の大戦を起こす。

さらに生まれてから１００年目、１５０年目――つまり１９８９年、２０３９年――もうおまえはいないとしても、そのとき人類は、新しい次の段階を迎える。それが何かも、いずれおまえだけに教えよう……」

ここで「片足の不自由な変な小男」とされる男とは、後にヒトラーの片腕となったゲッペルスのことだそうだ。ヒトラーは現在も一部で唱えられている「ユダヤ世界支配論」を「あいつ」から告げられたため、第２次世界大戦に踏み切り、ユダヤ人を虐殺することになる。

もっとも、ヒトラーが虐殺したユダヤ人は貧しい被支配層で、支配層であるユダヤ系のロスチャイルド家からは資金補助を受けていたという。それにしても、「あいつ」とはいったい何者であったのだろうか？　堕天使ルシファー？　異星人（エイリアン）？　いや、神か？

未だに謎である。

ヒトラーは「あいつ」から未来に関する啓示を受け、「ミサイルの出現」「コンピューターやロボットの出現」「同盟国日本の参戦」「ナチスの敗戦」「宇宙・月への進出」「日本への原子爆弾投下」「ゴルバチョフ書記長の登場」など多くの予言を的中させてきた。さらに、「あいつ」から天才的な能力・技術を得て、ドイツ軍はV２ロケット、フォルクスワーゲン、アウトバーン（高速道路）を開発した。

しかし、晩年にヒトラーと会った者は揃って「まるで悪魔にとり憑かれたようだった」と語っている。そして、お抱えの占い師全員のクビを切ったそうだ。

◆ヒトラーはＩＳの登場を予言していた？

ヒトラーは、「２０１４年にはヨーロッパの３分の１と、アメリカの３分の１が荒れ果ててしまう。アフリカと中東も完全に荒廃する。結局、現在の文明は砂漠だけしか残らない」「しかし、それでも人類は滅びない。ドイツの一部と米ソの中心部、日本や中国は重症を負いながらも存命する」という予言を残している。

それは、世界戦争と天変地異のような天災の同時進行によるものだという。これを解釈するために、それまでのヒトラー予言の流れをご説明しよう。

ヒトラーは、１９８９年～２０１４年までの25年間を、「戦争と天変地異（地震、疫病、飢餓）により人類文明が崩壊する時代」だと見通していた。１９８９年～１９９９年までの時代は、「世界に天変地異と戦乱が絶えない。そのため、一部の富裕国を除き、多くの国が飢える。一部の国は崩壊して燃える。毒気で絶える街もある」と見通した。

そして２０００年以後は、「カタストロフィ（大破局）は激烈化する」。確かに、この期間に９・11同時多発テロや、イラク戦争、日本では東日本大震災など、戦乱と天災が多かったように思える。特に、９・11は「対テロ戦」という形で世界の分裂を招いた。

ヒトラーの予言によると、２０１４年に中東でハルマゲドンが発生し、ヨーロッパとアメリカも「３分の１が荒廃する。アフリカ中東は全面荒廃する」はずだったという。幸いにもこの予言は当たらなかったが、２０１４年６月にイスラム国が「国家建設宣言」をし、８月に米国のイスラム国への初めての空爆が行われた。

２０１４年７月には、イスラエルのパレスチナ自治区ガザへの侵攻もあった。前年の２０１３年10月にアメリカの政府機能は２週間も停止したが、それだけ国は政治・経済的に混沌とした危機的な状態であったと言える。

アメリカのＮＳＡ（米国家安全保障局）による盗聴問題も、世界でまるで初めて暴露され

エドワード・スノーデン氏

たかのように報道されたが、アメリカのＮＳＡ・ＣＩＡによる盗聴が昔から行われていることは、エドワード・スノーデン氏が暴露したように各国政府にとっては自明のことであった。

しかし、以前はアメリカの力が強くて報道されなかったのだ。ようやく明るみに出たということは、アメリカが相当弱体化したことを意味する。そして、国家が不況になると戦争という「公共事業」をしたい武器商人＝「闇の勢力」が動くのである。

エドワード・スノーデン氏によると、「イスラム国はＣＩＡが創設した」という。となると、イスラム国の実態はアメリカの闇の勢力がなんとかビジネスを正当化できるようにするための茶番だったことになる。

そして、ＥＵ内でも現在、各国で高い失業率と不況が続いている。全体で６００万人近くの若者の失業者がおり、25歳未満の平均失業率は２割を超えている。

スペインやギリシャでは２人に１人の割合で、職のない状態が続く。各国で社会不安と共にデモが起きており、反ＥＵ政党が権力を強めている。さらに、イギリスのＥＵ離脱により支えきれなくなったギリシャが破綻すれば、さらなる恐慌に陥ると予測される。

大恐慌から戦争が起きる可能性は十分にある。仮に第３次世界大戦が起きれば、核や細菌兵器、そしてＨＡＡＲＰを使うような、文字通りのハルマゲドン（世界最終戦争）となることが予測される。

なおＨＡＡＲＰとは「高周波活性オーロラ調査プログラム（High Frequency Active Auroral Research Program、ＨＡＡＲＰ）」のことで、表向きはアメリカ合衆国で行われている高層大気研究プロジェクトである。しかし実際は気象変動や地震を引き起こす研究もされている、という説や、イルミナティが起こした人工地震のうち多くがＨＡＡＲＰによって引き起こされた、という説もある。

第３次世界大戦が起きると、「ヨーロッパの３分の１と、アメリカの３分の１」が荒廃するだろう。ヒトラーはヨーロッパでは唯一「ドイツの一部は生き残る」と予言しているが、現在のドイツのメルケル首相はヒトラーの娘だという説がある。

メルケル首相の政治的判断力・演説の饒舌さは確かにヒトラーの才能を受け継いでいるかのようにも思われるし、容姿がヒトラーの妻エバ・ブラウンにそっくりである。もちろん証拠はないが、「もしかしたら……」と思わせる説である。

福島の原発事故が起きるとすぐさま自国の危機を察したかのように、すぐにドイツ国内の全原発を停止したメルケル首相だが、ヒトラーの予言を理解し、危機を脱する術を知ってい

エバ・ブラウン（右）とメルケル首相。確かにどことなく似ている？

るのだとしたら興味深い。

ハルマゲドンが「イスラム国の台頭」を意味しているとすると、２０１４年にはすでにハルマゲドンが始まっていた、とも解釈できる。トランプ大統領就任以来、アメリカ・イスラエルと中東との関係は悪化している。いつ戦争が勃発しても、おかしくない状況にある。

ヒトラーの次の予言は２０３９年になるが、２０３９年には「『中東ハルマゲドン』を終え、アメリカ・ロシア・日本・中国・ドイツの生き残った人類の一部が生存する」という。そして、「人類は二分化される」。

ある者は支配者である「神人」に「進化」し、またある者は被支配者である「ロボット人間」に「退化」するのだという。

◆「日本が東方の実験場になる」と予言していた

「ハルマゲドン」といっても、いきなり核戦争から始まるとは限らない。ある大国で大不況、地震、天災が起きることによって、その国は疲弊・荒廃し、荒廃は世界全体に広がっていく……という展開になるのかもしれない。

興味深いのは、ヒトラー予言の中に、わが国・日本に関する記述が多くあることだ。ヒトラーは日本が「東方の実験場」になると予言していた。これは、広島・長崎への原子爆弾投下のことだと思われる。

その他にも日本は近年、文字通り「実験場」となっている。１９４５年の原爆投下以降も、１９５６年に水俣病の発生、１９６５年には第二水俣病・四日市喘息《ぜんそく》の発生、１９９５年には地下鉄サリン事件、２００７年にはタミフル騒動、そして、２０１１年にはあの福島原発事故が起こった。福島原発問題は未だ終息していない。

いつなんどき、東海地震・南海トラフ地震が起きるかわからず、いつ起きてもおかしくない状態である。もし起きたら、日本は瀕死の状態になるだろう。そのとき、日本人はどうなるのだろうか？

優生学的な考え方だが、一説には、そこで放射能に強い人種が出現し「進化」を遂げるのだという――そこからヒトラーのいう「神人」が出現するのだろうか？

政治・外交面を見ても、現在の日本は危険な状態にある。安倍政権は自衛隊を国防軍にしたがっているが、そうなれば、アメリカ・イスラエルと中東の戦争が起こったとき、当然日本も戦争に駆り出されるであろう。

「特定秘密保護法」が成立したため、国民に情報が入ってくるのは開戦前ギリギリになる可能性がある。現在の日本の対外関係を考えると、北朝鮮のミサイル実験による威嚇も増え、安倍政権になってから中国・韓国とも関係が悪化している。

「アフリカは完全に荒廃する」と予言したヒトラーだが、現在のアフリカの飢餓問題はすさまじく、サハラ砂漠以南のアフリカではなんと4人に1人が栄養不良だという。そして、アフリカの飢餓問題を悪化させたのが、わが国でもＴＰＰに加盟すれば大量に流入すると危惧されるモンサント食品だ。

「アフリカの飢餓問題を救うために」という美辞麗句を掲げて、アフリカに遺伝子組み換え食品を半ば強制的に輸出したモンサントだが、結果としてアフリカの飢餓はさらに深刻化した。どういうことか説明しよう。

モンサント食品は一時的に量産ができても、化学肥料やインフラ整備、栽培の特許料に高いコストがかかる。その種子は一代限りであるため、継続的に購入し続ける必要がある。つまり、作物が一代限りで枯れてしまうと、再びモンサントから購入しなければならない。技術を模倣して土着の農家が自分で作ることが許されないのだ。

そして、アフリカではモンサント企業に労働力が奪われ、それまで輸出用の作物をつくるために農場で働いていた地元の労働者が職を失う結果となった。一時的に飢餓が救われても、長期的に見れば、土着の農家はモンサント企業なしでは生活できなくなり、モンサント企業は大儲けというわけだ。

現在、モンサントはアフリカの多くの農場を、特許契約により実質的に占領しているため、アフリカの農民は不幸にもモンサントから自立できず、モンサントなしでは生活できない状態になってしまった。飢餓によって「アフリカは完全に荒廃する」可能性は十分考えられる。

◆シリア・イランとアメリカ・イスラエルの間で戦争になり、ヨーロッパや日本も巻き込まれる？

考えられるハルマゲドンの最悪のシナリオは、シリア・イランとアメリカ・イスラエルの間で戦争になり、ヨーロッパや日本も巻き込まれるというものだ。そして、その戦争は核のみならずＨＡＡＲＰも使用され、東海地震・南海トラフ地震が起き、福島原発も爆発する。地震によって断層にさらなる歪みが生じて富士山も噴火する――。

その結果、アフリカはさらなる飢餓で、中東は核・HAARP戦争で完全に荒廃する。メルケル首相とロシアのプーチン大統領は巧妙な政治的判断によって、自国の被害を最小限にし、生き残る。国土の広いアメリカと中国は一部生き残れる地域が出る。

問題はわが国だが――狭い島国であるわが国に生き残れる手段はあるだろうか？　富裕層は地下シェルターや隠された避難ルートを持っているのだろうか？　あるいは、そのような「ハルマゲドン」が起きても生き残れるからこそ、「神人」が誕生するのだろうか。

ヒトラーのいう「神人」とは何者なのか？　これには様々な説がある。

「人工知能である」という説もあるが、優生学を信じていたヒトラーの予言なので、人類の優生学的進化によるものではないか、と考えた方が自然だろう。

一説には、原発事故や核兵器による放射線に強いミュータントのような人種が出現し「進化」を遂げるという――これがヒトラーのいう「神人」に当たる、というものがある。

人類は環境に適合するために進化を遂げる。放射能以外にも大気汚染や食品・水の汚染など、われわれの生活はあらゆる「毒」に満ち溢れている。そういった「毒」に耐性のある人類が誕生し、進化についていけなかった人々を支配するのかもしれない――。現在すでにDNAが三重らせんになった、超能力を有した子供たちが生まれていて、彼らはほとんど病気にもならず、テレパシーも使えるともいわれる。

最後に、「ヒトラー究極予言」の概略をまとめておこう。ヒトラーが誕生した1889年を起点とする。

0年　1889年　ヒトラー誕生
50年後　1939年　究極予言（この年にヒトラーは究極予言をした）
100年後　1989年　カタストロフィ（大破局）の接近
110年後　1999年　天変地異と戦乱の時代
111年後　2000年　カタストロフィ（大破局）の激烈化
125年後　2014年　欧州米国は3分の1が荒廃、アフリカ中東は全面荒廃
150年後　2039年　旧人類から新人類に世代交替する最初の年
200年後　2089〜2099年の10年の間に、神人によるロボット人間の支配が完成

2001年の9・11同時多発テロから、世界情勢は緊迫し「カタストロフィ（大破局）」が激烈化した。2014年以降イスラム国の台頭によってさらに混迷を極めている。そして、2039年、いよいよ人類は次の進化を遂げるのか――。

参考：五島勉『ヒトラーの終末予言　側近に語った２０３９年』祥伝社／学研ムー

【予言者インタビュー①】

「地球の文明が滅びた後、太陽系で次の生命が誕生する!?」

――みさと動心氏インタビュー

◆東日本大震災発生とトランプ大統領誕生は運命を分析する科学「動心学」で説明できる

米国のトランプ新大統領就任と次々と打ち出される「アメリカ第一」の政策、北朝鮮の金正男氏の暗殺――まさに激動の年となった２０１７年。今後の日本と世界は、いったいどのように変化していくのか？　筆者は「動心学」の創始者、みさと動心氏へのインタビューを敢行した。

「動心学」とは、自然科学の法則に基づき、「運命を分析する科学」だという。動心学では生命の基本・宇宙の摂理は「6角形」であり、人間の運命は6の2倍である「12のサイクル」を持つと考えられている。

みさと動心氏が動心学を創始したのは1991年だが、近年では東日本大震災やトランプ大統領誕生を的中させ、かつてないほど動心学への注目が高まっている。

気さくでハッキリした物言い、そして知的な雰囲気を醸し出し、年齢を感じさせない美魔女であるみさと動心氏が語った〝戦慄の近未来〟をここに公開する。

みさと動心氏にインタビューする
筆者（深月ユリア）

――まずはズバリお聞きします。なぜ、動心学では東日本大震災とトランプの勝利を予測できたのでしょうか？

みさと動心　**東日本大震災に関しましては、2001年にアメリカで同時多発テロが起きたときから予測しておりました。日本とアメリカは「陰」と「陽」の関係ですから、アメリカで災いが起きれば、次は日本で起きるのです。**

アメリカは動心学でいうところの「（成長しきった）形成体の国」ですので、テロが起きやすいのです。同様に、中近東から北欧に

かけてもテロが起きやすいです。一方の日本は「（自然界と同じ運命を歩んでいる）成長体の国」ですから、自然災害に見舞われやすい国なのです。

そして、動心学の「運命の時間」の計算から、巨大地震が起きるのは日本の無季地点（苦手を克服する時間。苦手なことが次から次へと訪れる）に当たる「卯の年」、つまり２０１１年だとわかりました。そして実際に、東日本大震災は「卯の年」「丑の日」「未の時間」に起きたのですが、これを動心学の図に当てはめると、トライアングルが形成されます。おそらく運命が引き合った結果だったのでしょう。

もう一点、動心学において地震は「巳《み》」によって象徴され、その対極にある「亥《い》」は核を象徴するのですが、日本で核といえば原発しかありませんね。原発事故も予期されていたのです。

――では、トランプ大統領の誕生については？

みさと　トランプさんの勝利は、動心学の分析によって「一つの時代が終わり、常識外れなことが次々と起きてしまう時代になる」ということがわかっていたため、不思議なことではありません。それに、トランプさんとヒラリーさんの運勢を分析すると、ヒラリーさんは２０１６年の運勢がひどく悪かったので、トランプさんの勝利を予測しました。

◆今後、世界情勢も地球環境も「氷河期」に突入⁉

――なるほど。今後も常識外れな出来事が次々と起きてしまうのでしょうか？

みさと　現在は、まさに激動の時代です。トランプ政権誕生、イギリスのＥＵ離脱、各国の右翼政権台頭などは、すべて動心学的に起こるべくして起きたことです。民主的だった今までの「連山易《れんざんえき》」という時代が終わり、人類の歴史は様々なものが崩壊する「帰蔵易《きぞうえき》」という冬の時代を迎えようとしています。地球の気象も「氷河期」に差しかかり、かつ不毛な地帯が増える「砂漠化」へと向かうでしょう。

そして政治・経済も氷河期・砂漠化です。貧富の差もますます拡大します。

また、これからはエネルギーが足りず、エネルギー再生が困難な時代に突入します。季節が一気に変わることがないように、時代も一気に変わることはありませんが、２０２０年を節目にがらりと変わるでしょうね。

――その２０２０年といえば東京オリンピックが開催されますが、本当に計画通りに開催できるのでしょうか？

みさと　東京オリンピックですが、放射能汚染問題が解決していない現在の日本に、果たしてどれほどの人が訪れてくれるでしょうか。中止となると大問題ですので、大地震が起きない限り開催されますが、日本は大赤字で富裕国ではなくなります。

これを機に貧富の差も拡大するでしょう。

――オリンピック前に大地震が起きる可能性はありますか？

みさと　動心学的に分析すると、起きるとしたら2019年の亥年です。もともと亥年には地震が起きやすいのですが、動心学の図においてトライアングルが形成されるタイミングは、良きにつけ悪しきにつけ莫大なエネルギーが引き合い、地震が起きる可能性が高まります。

先ほども述べましたが、実際に卯《う》と丑《うし》と未《ひつじ》のトライアングルが東日本大震災を引き起こしましたし、アメリカ同時多発テロは巳と酉《とり》と丑のトライアングルが引き起こしました。

――そういえば、1923年の関東大震災、1983年の日本海中部地震、1995年の阪神淡路大震災、そして1707年に2万人以上の死者を出した宝永地震と富士山宝永噴火、いずれも亥年に起きていますね……！

◆安倍政権とトランプ政権、次期首相、第3次世界大戦について

——では、その頃まで安倍政権とトランプ政権は続いていますか？

みさと　安倍政権は２０１５～１７年にかけて運気が悪い「冬」だったはずですが、２０１８年から運気が「春」になるので、さらに長期政権になるかもしれません。ただ、安倍首相の体調には不安が残りますね。

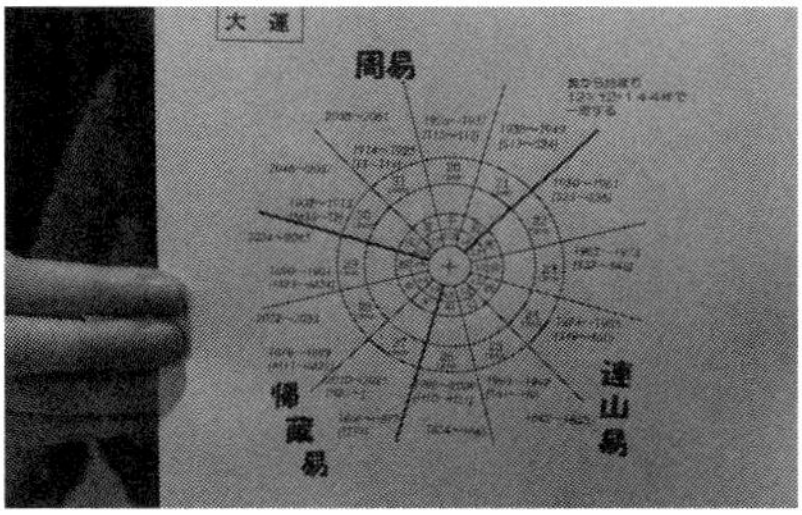

動心学の図

夫婦の場合、あるいは子供が生まれた場合は、エネルギーの相互交換がありますので、安倍さんは昭恵夫人の運気にこれまで助けられた時期もありました。

トランプ政権は２０１７、１８年までは良い運気ですが、２０１９年から「冬」に入ります。長期政権を狙っているようですが、すべては動心学における「運命の時間」に勝てるかどうかにかかっています。

因みに、トランプさんと今の奥様との相性はバッチリです。安倍さんとの相性も大変良いようです。

――安倍政権の次の総理大臣に、総務大臣・野田聖子さんが就く可能性はありますか？

みさと　野田聖子さんは今年（２０１８年）から4年間の運気が良く、思考回路でいうと「50代のオヤジ」型なので政治家に向いています。対抗馬が出なければ、総理大臣になる可能性があるでしょう。

ただし、子年（１９６０年）生まれなので、家族を大切にします。政治家には家族より大きな視点で物事を見るという素質が必要なので、子年ならではの性格がいざというときの決断・判断の邪魔をする可能性もあるでしょう。

――秋篠宮家の眞子《まこ》様のご結婚が２０２０年に延期になった件について、マスコミは実際には「破談」になったのだなどと、マイナスイメージを与える報道をしていますね。実際のところはどうなのでしょう？

みさと　動心学で分析すると、お二人の相性はバッチリなので、かわいそうなことになっていますね。眞子様は今年から3年間「冬」の時期になり、運勢が低下されているので、それが原因だと思います。

――トランプ政権の偏った政策が引き金となり、第３次世界大戦が起きるという説もありますが、動心学の観点から視るといかがでしょうか？

みさと　第３次世界大戦は起きないと思います。しかし、世界各地で極端な主張を繰り広げる政権が台頭し、難民の反乱も起きると思います。

また、紛争や内戦で、人工知能や生物兵器が使われる可能性があるでしょう。

◆地球の文明が滅びた後、太陽系で次の生命が誕生する⁉

――なるほど、あらゆる物事が「氷河期」「砂漠化」へと向かっていることはわかりました。では、その時代は長く続くのでしょうか？

みさと　10～15年後に、一時的に「穏やかな秋の時間」が訪れるようです。その頃には仮想通貨が流通しており、現在の貨幣システムはなくなります。

ただ、この「穏やかな秋の時間」は長く続かないようです。それが終わると、再び大昔にあったような封建主義と、男性優位社会の「周易《しゅうえき》」という時代が訪れます。歴史は繰り返すのです。

――なんとも恐ろしい話です。もしかすると、人類滅亡も近いのでしょうか？

みさと　人類滅亡は、まだまだずっと先ですよ（笑）。地球も生命体ですから、いつか滅びる時が来ます。**地球上の人類が滅亡したら、昆虫の時代になるようです。**

実は太陽系の惑星における生命誕生も動心学の法則に基づいているのです。生命の定義は様々ですが、**太陽系で最初に生命が誕生したのは土星です。次に金星。その後に火星、そして地球です。地球の後は、木星の衛星に生命が誕生します。木星の後は水星ですね。**

――なんと！　火星に古代文明の痕跡が見られることは知られていますが、動心学で分析しても「地球上で誕生するより前に生命は存在していた」のですね。しかも、木星というと、最近では衛星エウロパで水が発見されたようですが……。

みさと　**水が発見されたのは、まさに生命の誕生の準備を整えているからですよ。**

――なるほど。動心学とは実に奥深い学問ですね。最後に本書の読者に伝えたいメッセージはありますか？

みさと　これからの時代は、今まで非常識とされていたことが頻繁に起こるので、変化に備える必要があります。

――ありがとうございました！

みさと動心氏

みさと動心（みさとどうしん）

自然界の摂理に則った万象運命学「動心学」の創始者。国内外で、多くの迷える人々を救っている。

フェイスブック

https://facebook.com/misatodousin

動心学ＨＰ

http://dousingaku.com/

第2章

世界の未来を読み解く——中東戦争・第3次世界大戦が勃発し、北朝鮮は崩壊する⁉

巨塔の建設にまつわる呪いはこれからも発現し続ける

◆日本の運気を激変させた東京の巨塔

経済成長の象徴だった上海をはじめ、内陸部でも高層建築が続々と建造されていく中国。華やかな経済成長を象徴する高層建築だが、実は巨塔には、大いなる災厄を招く〝呪い〟がかけられているのだ。バベルの塔を連想させる〝巨塔の呪い〟が、中国を崩壊させる日が近づいている……！

東京スカイツリー（634メートル）が世界一の高さとなる601メートルに到達したのは2011年3月1日。その10日後、あの東日本大震災が日本を襲った。

地震から津波、原発事故へと連鎖した複合的な災厄は、まるでその年の5月に迫った東京スカイツリーの本格開業に向けて熱狂する日本国民に、冷や水を浴びせるかのようだった。

東日本大震災の後の震災報道による混乱は国民に、テレビを中心としたマスコミに対する不信を植えつけるきっかけとなった。それまで原発や電力会社に対する批判がタブーだったことも明らかになった。

また、原発事故が起こったことで電力業界に対する不満や疑問が噴出するきっかけとなった。

世界最大の電波塔である東京スカイツリーの建設が呼んだかのようなタイミングで起きた東日本大震災が、当の放送や電力業界に鉄槌を下すことになったとしたら……まさに東京スカイツリーの呪いと言えないだろうか。

東日本大震災は、当時現役だった電波塔、東京タワーにも打撃を与えている。てっぺんのアンテナが地震の揺れで曲がってしまったのだ。これも新たな電波塔が招いた呪いの発現だろうか……。

東京タワーが完成した１９５８年を振り返れば、日本はまさに高度経済成長期で、経済の上昇機運の中で、全日空機が下田沖に墜落し、創業後初の航空死亡事故が起きている。これも、巨塔が牽引する急激な成長に対する警告だったのかもしれない。

◆アジア、ユーラシアを襲った巨塔の呪い

巨塔を建てると、神の怒りに触れ、不幸が訪れる――。まるで、栄華を誇り、奢《おご》り高ぶる人間に戒めを与えるように、高層建築が建設されようとする地には神の怒りの鉄槌が下されてきた。

『旧約聖書』に記されたバベルの塔に相似する〝巨塔の呪い〟が、現代の高層建築の周辺でも起こっているのだ。

巨塔の建設にまつわる呪いの発現は、東京スカイツリーだけではない。

マレーシアのクアラルンプールにそびえるペトロナス・ツインタワー（452メートル）。20世紀には最高層の巨塔として、また流麗なデザインで世界中の耳目を集めた巨塔だ。

マレーシア・クアラルンプールの巨塔、
ペトロナス・ツインタワー

ペトロナス・ツインタワーの着工は1992年。完成は1998年。この時期のアジア圏を振り返ると、中国の改革開放政策によるアジア経済の成長的変動から、ヘッジファンドによる通貨空売りを招き、そしてアジア通貨危機に至った期間と重なる。マレーシアのみならず、フィリピンや香港、タイ、インドネシア、韓国でも大きな打撃を受けた。

一方、ロシアのモスクワには、近年までドバイのブルジュ・ハリファに抜かれるまでユーラシア大陸最高だった巨塔、オスタンキノ・タワー（540メートル）がある。

ロシアのモスクワにそびえる
オスタンキノ・タワー

建設を始めた１９６７年の４月には宇宙船ソユーズ１号が着陸に失敗し、人類史上初の宇宙飛行での死亡事故となった。アメリカとの宇宙技術戦争のさなかでソ連の大きな汚点として刻まれた。

それに、オスタンキノ・タワーが建設される１９６７年～１９７６年にかけては、旧ソ連が急速に衰退していく時期と重なる。１９６８年には当時事実上、ソ連の支配下にあったチェコスロバキアで書記長ドゥプチェクが指導した「プラハの春」と呼ばれる改革運動が起き、ブレジネフ第一書記の権威は失墜。続いて中国との関係も悪化し、ついに１９６９年には中ソ国境のウスリー川中州であるダマンスキー島（中国名：珍宝島）において両国軍による武力衝突が起きた。

オスタンキノ・タワーでは２０００年８月に火災が発生。消防隊員やタワーの職員ら３人が犠牲となり、全面的に改装を余儀なくされている。着工から現在まで災厄を招き続けるオスタンキノ・タワーを見ると、巨塔の呪いから逃れられない宿命をさえ感じるのだ。

余談であるが、オスタンキノ・タワー近辺ではＵＦＯの目撃情報が多数あるということだ。

◆9・11は巨塔の呪いを模した陰謀だった⁉

巨塔にまつわる災厄で思い出されるのが、９・11で倒壊したアメリカの世界貿易センタービル（ＷＴＣ／５２８メートル）だろう。９・11にも〝巨塔の呪い〟が関わっていたという噂がある。

ＷＴＣは、１９７２年にノースタワー、翌７３年にサウスタワーが完成。ブレトン・ウッズ体制が崩壊し、国内景気の低迷に危機感が高まる中、逆行するように二つのタワーが屹立したのである。

それだけではない。１９７４年にはシカゴにシアーズ・タワー（現ウィリス・タワー／５２７・３メートル）の完成が近づいていた。そのとき、第１次石油危機が起き、70年代のアメリカ経済に追い討ちをかけることになった。巨塔の建設を焦ることがなければ、事態は違ったかもしれない……。

シカゴのシアーズ・タワー
（現ウィリス・タワー）

建設直後から不穏な時代の空気を背負ってしまったＷＴＣは、２００１年9月11日の爆破テロによって倒壊した。崩れゆく双塔にバベルの塔を重ねて見ることもできるが、バベルとＷＴＣには決定的な違いがある。

バベルの塔を建設した人間の傲慢さに怒った神は、塔を倒壊させて、人類が結束しないよう言語を分裂させた。ＷＴＣの倒壊は同じく対テロ戦争につながり、結束を破壊したかのように思えるが、そうではなく逆に「対テロの正義」という一つの価値観での結束を強いたという見方もできる。

現在、ＷＴＣ倒壊の跡地では「１ワールド・トレードセンター」（５４１・３メートル）という新たな巨塔が建設され、２０１７年11月に開業した。建設当時の仮称であるフリーダムセンターから〝１〟を冠する名前に変わったのは、「世界統一の価値観（新世界秩序）を作り出す」ための象徴ではないか、という説がある。

世界貿易センタービル（WTC）が倒壊した跡地に建てられた「1ワールド・トレードセンター」

だとすれば、ＷＴＣの倒壊は巨塔の呪いが発現したというよりも、何者かが図ったものではないか、と疑いたくもなる。もしかしたら、巨塔の呪いの様式を模して倒壊を招き、１ワールド・トレードセンターを建てようとした、そんな大いなる計画が浮かび上がっているのかもしれない。

となれば、新たな巨塔の完成前後には何が起きてもおかしくない。天災や不慮の事故、またはその姿を借りた災厄に十分な警戒が必要だろう。

◆中東諸国が競うバベルの再現

『旧約聖書』の地、中東。ここでは、現代のバベルの塔と呼ばれる巨塔群が建設ラッシュを迎えている。

すでにドバイには、現在最高層の巨塔であるブルジュ・ハリファ（828・9メートル）が2010年に完成している。住居、商業施設、娯楽施設を複合した一大都市のような規模と、外壁がらせん状の構造であることから、まさしく聖書に記されたバベルの塔の再現だと、建設前から世界を騒がせた。

興隆するドバイ経済のシンボル的な建設計画としても注目を集めていたブルジュ・ハリファだが、その実態は実に危うい。

2004年1月の着工後すぐ、ドバイは国家倒産説が出るほどの経済危機に陥っている。債務総額は590億ドルとなり、関連して新興国や欧州の金融機関の株価が急落。これが2009年のドバイ・ショックにもつながった。

ドバイのブルジュ・ハリファ（中央）

さらに工事中には多くの作業員が事故死し、低賃金で劣悪な労働環境への不満からストライキも続発。本来の完成予定から半年ほど遅らせて、やっとのことで工事を終わらせた。それが現在〝世界最高層の巨塔〟の実情である。

そんなブルジュ・ハリファを超えようと、クウェートではブルジュ・ムバーラク・アル＝カビールという新たな巨塔を建設中だ。２０１６年に完成予定であったが、未だ建設中で正確な完成予定は立っていない。高さは「千夜一夜物語」にちなんで１００１メートルになるという。

中東の地理的な中心地であるクウェートで、この圧倒的な巨塔が建設され始めてから、中東各国に異変が起きた。まず２０１０年にはチュニジアのジャスミン革命、２０１１年にエジプトのホワイト革命でムバラク政権が崩壊、同年にリビアのガタフィ政権も打倒され、その他にもイエメン、バーレーン、シリアなどでも大規模なデモが起きた。

一連の政変は「アラブの春」と呼ばれ、西洋的な価値観からすると独裁政権からの解放を意味するが、強力な指導者を欠くことで、イスラム秩序に大混乱を引き寄せ、各地で多くの血が流れる事態を招いた。

ドバイのドバイ・シティ・タワー（2400メートル）、ナキール・タワー（1400メートル）、サウジアラビアのキングダム・タワー（ジッダ・タワー／1600メートル）などがあるが、いずれもドバイ・ショックによって計画は停滞している。今後、これらの巨塔が完成したら、中東でさらなる大異変が起きるかもしれない。

イスラム教の創始者ムハンマドは、「砂漠の民（ベドウィン）が高さを競い合うようになったら、世界の終わり」という言葉を残している。巨塔と呪いの関係を見抜いた警句と解釈できるが、現在のアラブ地域では、その言葉を知らぬかのようにいくつもの巨塔建設計画が進んでいる。

ドバイ、クウェートで発現した呪いの災厄を思えば、巨塔の建設などという権威を競っている場合ではないと思うのだが――。

サウジアラビアで建設中のキングダム・タワー（現在はジッダ・タワーという名称に変更されている。写真は2016年12月撮影）

◆韓国経済の停滞は巨塔が招いた!?

アジアに目を向ければ、韓国の竜山《ヨンサン》には仁川タワー（５８７メートル）が建設中だったが、２０１４年７月９日、仁川経済自由区域庁により建設計画中止が発表された。本来２０１２年に完成予定だったが、突然スポンサーが経営難に陥ったためだ。

仁川タワーを中心とした竜山国際業務地区開発事業は30兆ウォン（約２兆３０００億円）という韓国史上最大規模の建設プロジェクトになる見通しだったが、計画中止にともない、これまでに投資された約４兆ウォン（約３５００億円）は回収不能となり、近隣住民２２００世帯への土地補償金の支払いも危うくなっている。

仁川タワー近辺では高級マンションやオフィス、ホテル、ジム、レストラン、公園などを含むツインタワーが２０１５年に完成。隣りあった二つの巨塔が空中回廊でつながったデザインが、米国ＷＴＣが爆破された瞬間の光景にそっくりだと、米国から批判を浴びている。

成長する経済、発展する都市計画の中心たる仁川タワーが、いまや借金と政情不安のシンボルになってしまったとは、韓国にとっては泣くに泣けない話だろう。

北朝鮮の核実験強行や弾道ミサイルの脅威も増している現在、仁川区域にそびえつつある巨塔群が朝鮮半島の情勢を刺激しないことを願ってやまない。

◆中国の巨塔不動産が一斉に崩壊へ⁉

「中国のバベルの塔」といわれるのは上海タワー（上海中心大厦）だ。２０１６年に完成したが、その高さは６３２メートルにもなる。

天に向かって昇りゆく龍のような巨塔の姿は、上海のどこからでも見つけることができる。しかし、ほかの巨塔の例に漏れず、上海タワーの建設も順風満帆だったわけではない。

２００８年に着工された直後に米投資銀行リーマン・ブラザーズの破綻（リーマン・ショック）が世界的な経済停滞を生んだ。ＧＤＰで日本に迫る経済大国として成長を続け、アジア、そして経済の中心地を目指す上海で、シンボルタワーは逆に世界恐慌を引き起こした象徴のようになってしまった。

また上海タワーの近辺にある、上海環球金融中心（４９２メートル）という巨塔も歴史的な災いを呼んだ過去があると囁かれている。

上海環球金融中心は、森ビルが出資し、２００１年の完成を目指して１９９７年10月に着工したが、基礎工事完了後、アジア通貨危機やＳＡＲＳ流行、日中関係悪化の影響を受け計画が頓挫。２００３年から建設が再開され、ようやく完成した２００８年には四川大地震が起きている。

短期間に急激な成長を果たそうとする中国。その経済成長の中心たる上海にて、その暴走に対し〝巨塔の呪い〟が警告を発しているのではないか――。

だが、当事者である中国当局は、上海のみならず、沿岸部の各地域で都市化を拡大させており、内陸部でもマンションや高層建築のブームが到来している。いずれ訪れるであろう不動産バブルの崩壊が、中国国内で収まればよいが、現在の中国経済の規模を考えると、楽観視はできなそうだ。

◆暴走する中華経済を警戒する〝呪い〟勢力

近年では中国はわが国との間で尖閣諸島の領海侵犯問題があるだけでなく、南シナ海ではベトナムやフィリピンなどとも領有権を争っている。度重なる〝巨塔の呪い〟や国内問題があるのをものともせず、中国が領土拡大にこだわるのはなぜか。

その理由の一つは、低迷する国内経済を復活させるために外洋の資源を手にし、危機を脱出したいからであろう。自身の暴走が呪いを招いたことなど、想像もしていないのだ。

２０１６年8月には「上海ショック」により中国の株価は大暴落。そして、世界各国の株安をも招いた。

景気減速は中国国内の企業の業績にも現れている。太陽電池最大手の尚徳電力（サンテックパワー)が経営破綻したほか、世界第5位の携帯電話機メーカーである中興通訊(ZTE)、自動車・電池メーカーのBYD、家電販売の蘇寧電器などいずれも大手企業が次々と赤字に転落している。

もともと中国の企業は技術の模倣や大量生産は得意でも、新技術の開拓部門に力がない。危機に陥った際には立ち直りが難しい。

さらに、トランプ大統領は中国が大嫌いで、中国との貿易に高額な関税をかけようとしている(一時期は45パーセントと主張していたが、さすがに常識外れなので後に撤回した)。これも中国の景気に打撃を与えるのはいうまでもない。

中国政府は2008年から2年間にわたって「4兆元景気刺激対策」を実施して中国版バブルに踊った。だが、ばら撒かれた資金は企業の過剰債務、金融機関の不良債権に変わり、地価も下落。逆に中国の公共と民間の債務はGDPの200パーセント以上にまで膨らんでいるといわれる。

このような状況下で、社会不安は当然ますます強くなり、共産党一党独裁に対する不満が「反日デモ」の仮面を被って噴出することもしばしば。そこに2013年4月の四川大地震、鳥インフルエンザの流行、PM2・5による大気汚染など天災、人災を交えて問題が山積みだ。

もし中国経済が崩壊すれば、中国保有の外国債は一斉に売却され、世界中の国債は暴落するだろう。そして、国債を担保に資金運用している銀行も倒産し、世界恐慌が起きかねない。中国当局がこのまま〝巨塔の呪い〟を無視して、世界情勢や自然の摂理に合った経済政策を採らなければ、過去にない規模の災厄が巻き起こるかもしれないというのに……！

そして、もう一つ忘れてはならないのは、ある国や勢力が呪いによって崩壊することによって、逆に潤う勢力がある、という視点だ。

９・11の例を引けば、巨塔にまつわる災厄の中には、神の怒りや呪いの形式を模した、敵対勢力の計画が含まれているかもしれないのだ。

もしかすると、中国を巨大な塔として見れば、この暴走の中で、中国国家経済崩壊どころか国家そのものをバラバラにする〝中華バベル崩壊計画〟が進行しているのかもしれない。上海タワーが、中国国家、そして国際情勢へ災厄を招くきっかけとなるのか。これ以上の無用な災厄を招かないよう、巨塔建設という暴走に懸念が強まる。

「トランプ大統領＝アンゴルモアの大王」誕生で中東戦争、そして第３次世界大戦勃発！

◆「アンゴルモアの大王」とはドナルド・トランプ大統領！

２０１７年1月20日、米国に異色の大統領が誕生した。「メキシコとの壁」の建造、移民の強制送還、ムスリムの入国禁止など過激な政策を主張し、就任時の支持率がたったの45パーセントだったドナルド・トランプ大統領。

多くの政治家、芸能人からも、「就任式に参加するなら、反トランプデモに参加した方がよい」と参加を拒否され、反グローバル主義者、デマゴーグ（扇動家）、差別主義者、女性差別主義者、障碍者蔑視やメディアへの締め付けを平気でする者、そして、独裁者のレッテルをはられた。世論調査によると大多数の米国民も「核のボタンをトランプ大統領に預けているのが不安」らしい。

デモ隊に向かって、「ヒラリーは負けた。ママのところへ帰れ」と煽るような、威圧的なやり方に多くの国々の政府が震撼させられている。わが国の首相も「いつ日米安保条約を破棄されるか」と大慌てで、真っ先にトランプ大統領に会いに行った。

トランプ大統領は本当に危険な人物であるように思える。それは、彼の政治経済政策が偏っているというだけでなく、実はトランプ大統領の出現によってあのノストラダムスの予言が成就されそうだからだ。

「1999年の第7の月、
空より恐怖の大王が至るであろう、
アンゴルモアの大王を蘇らせんため、
その前後、火星の軍神は幸福な統治をする」

あまりにも有名すぎるノストラダムスの終末予言については、大半の読者が「1999年7月に何も起きなかったので、予言は無事に外れた」とお考えではないだろうか。しかし、予言成就に向けたシナリオは1999年7月からすでに始まっていたのである。

すなわち、「アンゴルモアの大王」とは、ドナルド・トランプ大統領なのである！

◆アンゴルモアの大王＝ニューヨークで生まれるユダヤの新たな指導者

「アンゴルモア（Angolmois）」の解釈には、様々な説があった。ノストラダムスの時代にアングレーム伯爵からフランス王になったフランソワ一世アングレーム（Angouleme）伯爵の再来だという説、西フランスにあるアングーモア（Angoumois）地方であるという説、かつてヨーロッパをも震撼させたモンゴル（Mongolois）の大王チンギスハーンであるなど。それに、悪魔の頭サタン（アンラマイニュ）の化身、反キリスト・偽キリスト・悪魔の象徴であり、ヨハネの黙示録に記述されている「海からあがってくる蛇（Anguille）」とを掛け合わせた意味だと考えられていた。

しかし、ノストラダムスはユダヤ人であり、多くの予言は旧約聖書と深く関連している。終末予言に関しても、ユダヤ目線から考えれば、「アンゴルモアの大王」はユダヤの大王とも考えられるだろう。アンゴルモアは、アングロ「anglo」サクソンから生まれるユダヤの指導者モーセ「mois」という意味だという説が昨今有力である。

ノストラダムスの予言は、聖書の「ヨハネの黙示録」を参考にしていた、と思われる。そして、黙示録では世の終末に出現する悪魔は「６６６」という暗号で表されている。その悪魔は前述のように「海からあがってくる」という。そして、ソロモン王のように富を独占する国家が獣である、というのだ。

富を独占する海に囲まれた国家といえばアメリカである。それも、アメリカ内でも特にユダヤ人が多いニューヨークで生まれるユダヤの新たな指導者だと考えられる。ノストラダムスが生きた時代に、フランソワ一世アングレーム伯爵の臣下のヴェラザーノがニューヨークのマンハッタン島を「アングレーム」と名づけたことも、「アンゴルモアの大王＝ニューヨークで生まれるユダヤの新たな指導者」という説の根拠である。そして、トランプ大統領はホワイトハウスに移らずに、敢えてニューヨークにあるトランプタワーを公務を行う官邸として選んだ。

つまり、アングロサクソンからモーセが「復活」し、ユダヤの新たな指導者となる。そして、新たにユダヤ帝国を再建する、という意味ではないだろうか。

ニューヨークのマンハッタン島を「アングレーム」と名づけたヴェラザーノ

次に「7の月」の解釈だが、1999年7月に何も起きなかったので、「ノストラダムスが使っていた暦と現代の暦にずれがあるのでは？」と思われていた。しかし、1999年7月はドナルド・トランプ氏にとっては大きく人生を揺るがす一大事が起きていた時期であった。ドナルド・トランプ氏の父、フレッド・トランプ氏が1999年6月25日に亡くなったのだ。

「おまえは王になる人間だ」とトランプ大統領に帝王学を叩き込んだ父が亡くなってから、ドナルド・トランプ氏の権力欲がさらに強まった。そして、米国のトップに君臨したいと考えるようになり、2000年の米大統領選の出馬を検討したのだ。つまり1999年7の月からドナルド・トランプ氏は大統領になる計画を立てていたことになる。

天文学的にも、不吉と言える出来事が起きていた。1999年8月11日にヨーロッパ各地で皆既日食が起きた。ノストラダムスの故郷フランスでは、首都パリは99パーセント、他の都市でも90パーセント太陽が月の影に隠れた。古来、太陽が闇に隠れる日食は「悪魔が関与している」として、不吉とされ恐れられてきた。

ノストラダムスの予言は詩なので、一つの言葉に複数の意味が含まれることも多い。だとすると、「第7の月」はトランプ大統領の「70歳」という年齢をも表しているのではないだろうか。

1999年にトランプ大統領が大統領になる野望を抱いてから、2017年までの間には18年の準備期間があった。18＝6＋6＋6、「666」の「獣」を意味する数字がここに出現するのは偶然だろうか——。

◆トランプ大統領の顔の形をした岩が火星で発見された！

そして、「火星」の解釈だが、火星＝マルスは軍神である。トランプ大統領は陸軍学校出身で、彼が選んだ米国政府閣僚の多くが軍部出身だ。そして、トランプ大統領の性格が、軍神マルスのように、非常に好戦的で挑発的なことはいうまでもない。

さらに、なんとトランプ大統領は火星人との混血だという説があるのだ！

UFO研究家スコット・ウェアリング氏は、火星で驚くべきものを発見した。なんと、トランプ大統領の顔の形をした岩が火星で発見されたというのだ。

演説している表情に、髪型までそっくり真似ているようではないか。

ウェアリング氏は「トランプ氏の声には大衆を熱狂させ、忠誠を誓わせる、魔法のような力が秘められているようだ」と指摘している。この画像のみだと、画角によって偶然そう見えた可能性があり説得力に欠けるが、他にも、トランプ大統領が就任式に向かう飛行機のそばをUFOらしき物体が飛行していた映像がFOXニュースで放送されたり、米「Huffington Post」紙（2015年8月31日付）によると、トランプ大統領が搭乗していたヘリがUFOに追跡されていたという報道もあるのだ。

最後に、「恐怖の大王」が何をもたらすかについて考えよう。その点はこれまで様々な解釈があった。「9・11同時多発テロ」説、核爆弾説、隕石説、あるいは、恐怖の大王は黙示

ＵＦＯ研究家スコット・ウェアリング氏が火星で発見した、トランプ大統領の顔の形をした岩（写真は「UFO Sighting Daily」より引用）

録に終末時に出現するという「偽」キリストだ、という説もある。偽キリストは、自らが救世主であるかのように、民を扇動し洗脳し崇めさせるとされる。

そして、トランプ大統領は米国が抱える大部分の社会問題の責任を移民に押しつけ、「ヒラリーは不正選挙を行っている」という陰謀じみたデマを流したり、怪しげな陰謀論を用いて、アメリカ国民を見事に扇動し大統領選に勝利した。しかし、就任時の支持率わずか45パーセントのトランプ大統領を「偽キリスト」と言うには、説得力が弱いように思える。

「恐怖の大王＝ＵＦＯ・エイリアン」説もある。本気で地球を侵略するつもりなら、人類とは比べ物にならないほどに高度な文明と科学技術を持つエイリアンであれば容易に違いない。とっくに侵略しているはずである。

よって、この説も考えにくい。しかし、「ＵＦＯコンタクティであるトランプ大統領が父の死後の１９９９年７月に、エイリアンから何らかの啓示を受けて大統領選出馬を決めた」

ということは考えられるだろう。かつて、ドイツで独裁者として君臨したアドルフ・ヒトラーもエイリアンと交流し「ナチス製ＵＦＯ」を作っていたという話は有名だが、ヒトラーも宇宙からの不思議なメッセージを幾たびも聞いて、それによって行動し、多くの予言も残している（出典・五島勉『ヒトラーの終末予言　側近に語った２０３９年』／学研ムー）。

ロシアのプーチン大統領もエイリアンと交流を持っている、という噂がある。ときの権力者が、エイリアンなのかどうかはわからないが、何らかの宇宙からのメッセージを聞いた、という話は珍しくない。

「恐怖の大王＝中国宇宙ステーション」説もある。２０１１年に打ち上げられた「天宮１号」が、今年後半に落下する可能性が指摘されているからだ。

８トンもある「天宮１号」の本体のほとんどが大気圏で燃え尽きるとされているが、米国の宇宙物理学者でハーバード大学の教授ジョナサン・マクダウエル氏によると、「燃え尽きなかったパーツが地上に落下する可能性はあり、その落下地点は予測不可能」だという。当然、米国に落ちる可能性もある。

今や、中国の宇宙開発は目覚ましい進展ぶりで、米国にとっては、軍事的な脅威となっている。米国に「天宮１号」が落下し大災害をもたらしたとしたら――。

実は、数多くの予言を的中させてきたアメリカの先住民の予言の中にも「天宮１号」のこ

2011 年に打ち上げられた「天宮１号」（写真は YouTube より）

とだと思われる予言が存在する。「天上にある天国の居住施設が地球に落下し衝突する。そのときには青い星が現れて、その後ホピ族の儀式は幕引きとなる」というものだ。まさに、「天上にある城」＝「天宮1号」ではないだろうか。

トランプ大統領は中国にかなり批判的である。トランプ大統領は記者会見で、オバマ政権下では中国が「経済面で、また南シナ海での巨大な要塞の建設で、米国の弱みにつけ込んできた」と批判するなど、中国に厳しい姿勢をとっている。

さらに、これまでの米政権が順守してきた「一つの中国」政策を無視し、台湾の蔡英文総統と電話会談を行ったことで、中国の激しい反発を受けた。ロシアと友好的なのも、中国を封じ込めようという意図もあるのだろう。

そして、トランプ大統領の側近ピーター・ナヴァロ氏は「中国に対抗するためにはレーガン政権張りの軍事力を用いた力による平和を追求すべし」と主張し、米中戦争が起きる可能性を否定していない。仮に天宮1号がアメリカに落下したとすれば、トランプ政権からすれば格好の報復の口実となる。ここから、米中戦争にも発展しかねないだろう。

◆中東戦争・第３次世界大戦が起こり、米国とイスラエルが勝利する

トランプ大統領がノストラダムス予言の「アンゴルモアの大王」だとしたら、今後の世界情勢はどうなるのか？　先述したように、アンゴルモアの大王の復活は「モーセの復活」を意味すると思われる。

そして、ユダヤ帝国の再建だ。実際にトランプ大統領は、明確に親イスラエルである。まず、娘のイヴァンカ・トランプ氏は、ファッション誌「ニューヨーク・オブザーバー」のオーナーでユダヤ人大富豪のジャレット・クシュナー氏と結婚している。イヴァンカ氏は結婚時にキリスト教からユダヤ教に改宗し、彼らの子供もユダヤ教徒だ。

トランプ大統領は「私はユダヤ人の娘だけでなく、ユダヤ人の孫までできたのを誇りに思う」と発言している。そして、トランプ大統領は、専属顧問にクシュナー氏を任命し、トランプ政権ではクシュナー氏が相当な発言力を持っている。他にもゴールドマン・サックス共同経営者を財務長官に任命したり、閣僚の多くがユダヤ人である。

さらに、トランプ大統領は、イスラエルを「最も信頼できる友」と呼び、「孤立外交」

を主張しながらも、「イスラエルのために戦う、1000パーセント戦う、永遠に戦う」と宣言している。

トランプ大統領はイスラエルとパレスチナが領有権を争うエルサレムをユダヤ人の領地だと考えている。そのため、「米国大使館をエルサレムに移転する」と宣言し、アラブ諸国から反発をくらっている。

このことが中東戦争に発展しなければよいのだが、仮に中東戦争が勃発したとすれば、米国の支援するイスラエル側の圧勝に終わるであろう。しかし、前述のように米中関係が悪化し、中国も参戦したとしたら、世界を巻き込んだ第3次世界大戦に発展する可能性もある。

トランプ大統領の娘婿、ジャレット・クシュナー氏（右）と米国共和党のマイク・ロジャース議員

現在、米国共和党内部でマイク・ロジャース議員を中心とした「国連を脱退しよう」という動きもある。この法案は2017年1月3日に提出され、共和党下院で審議されている。たとえ、国連脱退案が可決されたとしても、施行されるのは大統領の署名から2年後にな

る。仮に米国が国連を脱退したとしたら、トランプ大統領は今以上に国際社会から目を背け、独善的な外交を進めるに違いない。そうなると、第３次世界大戦勃発の可能性も高まるだろう。

中東戦争・第３次世界大戦は、最終的には米国とイスラエルの勝利に終わり、ユダヤ人はエルサレムを奪還し、ユダヤ帝国を再建し、予言が成就することになるだろう。

ユダヤ教では、人類の文明の歴史は７０００年と計算する考え方がある。これは、旧約聖書において、全能の神ヤハウエが「７日間で天地創造し、７日目には休息された」という記述から、神の一日を人類の千年ととらえる考え方に基づく。

アダムからアブラハムまで……………律法のなかった２０００年間
アブラハムからキリストまで…………律法の下にあった２０００年間
現在のとき……………………………恵みの下にある２０００年
千年期…………………………………偉大な王の下にある１０００年間

これを合計すれば７０００年になる。

もうじき「恵みの下にある２０００年」は終焉し、次の時代「偉大な王の下にあるユダヤ千年王国」に向けて、この考え方を持ったユダヤ人たちは準備しているという。

イスラエル国内では2016年から「ソロモン王の第三神殿」を建設しようという動きが本格化してきているという情報がある。

ソロモン神殿はソロモン王が紀元前1000年に建設したといわれている。その後バビロンの捕囚から解放されて、イスラエルに戻ったユダヤ人たちによって、ソロモン神殿は再建された。しかし、その第二神殿も紀元70年に、ローマ軍によって破壊された。

このソロモン神殿の再建を最初に強く進めようとしたのは、イスラエルのネタニヤフ首相の父親である。当時のアラブ側に妥協的な政治家に失望して、アメリカに移り住み「ソロモン神殿再建委員会」を結成している。そして、ネタニヤフ首相も父の意向を受け、ソロモン神殿の再建が念願であった。

2016年はユダヤ人にとって「ヨベルの年」と呼ばれる50年に一度の特別な年で、ネタニヤフ首相はじめ「ソロモン神殿再建委員会」がソロモン神殿再建をする絶好なタイミングであったのだ。

イスラエルのネタニヤフ首相

さらに、2017年という年には実はもう一つ意味があった。
ダニエル書の予言によると、世の終末に出現するメシアは「エルサレムを建て直してから7週と62週後」に現れるという。合計69週ということになるが、ユダヤ密教では「神の１週間を１年」と象徴する場合がある。

イスラエル建国は１９４８年。そこから、69年を足すと２０１７年となるのだ！　すべては、１９９９年から計画されて、２０１７年に始まってしまったのだ。２０１８年には、いよいよ大規模な戦争に発展してしまう可能性が十分ある。

「イルミナティ・カード」の「ヒラリー・クリントン」カード（左）と「ドナルド・トランプ」カード

このシナリオを実現するためにも、米国大統領選でヒラリー・クリントンではなく、ドナルド・トランプ氏が大統領に選ばれたと考えられないだろうか？

１９９５年に「スティーブ・ジャクソン・ゲームズ」というアメリカの企業が発売したトレーディングカードゲームで、「イルミナティ・ニューワールドオーダー」（通称「イルミナティカード」）なるものがある。このカードには、世界で起こる数々の事件が予言されていて、フリーメイソン・イルミナティの計画実行を表すカードだという説がある。

その中にヒラリー・クリントン、ドナルド・トランプを意味する双方のカードが存在する。ユダヤ人勢力にとっては、親中派のヒラリー・クリントン氏よりもドナルド・トランプ氏が好都合で、ヒラリー・クリントンは政治経験のないドナルド・トランプ氏を勝たせるための引き立て役だったのかもしれない。大統領選直前のメール流出事件も、すべてはドナルド・トランプ氏を大統領にするために計画されていたとしたら——。

トランプが「アンゴルモアの大王＝ユダヤの指導者モーセの再臨」だとすれば、エルサレムに米国大使館、そして、ソロモンの第三神殿ができるのであろうか？　何はともあれ、中東戦争、そして第３次世界大戦という惨事はなんとしても避けられるよう願いたい。

「地獄の音（アポカリプティックサウンド）」は未来からの人類への警告か!?

◆世界で発生していた不気味な奇怪音がついに日本でも！

皆さんは「地獄の音」と呼ばれる奇妙な音を聞いたことがあるだろうか？

２０１１年に「エコーがかかった金属音のような異音」が世界中でたて続けに確認され、海外ではメジャー放送局のニュース番組でも取り上げられるほど話題になったため、ご存じの方もいらっしゃるだろう。

２０１１年８月11日、ウクライナの首都キエフの街で、同年８月29日早朝にはカナダ西部ブリティッシュコロンビア州テラスの住宅街で発生した奇怪な音が有名である。

この異音は、現在YouTubeでも検索すれば、簡単に動画を視聴することが可能である。酔っ払いがトランペットを吹くような不気味な音は、「地獄の音（アポカリプティックサウンド）」と呼ばれる。

２０１１年８月～９月にかけて、ロシア、ウクライナ、フランス、アメリカ、カナダ、デンマーク、ノルウェー、スペイン、ポーランド、ギリシャ、ブラジルほか、ほぼ世界全域で不気味な音が聞かれ、海外ではメジャー放送局のニュース番組でも取り上げられるほどの騒動になった。

このような不気味な奇怪音は過去にも１９７０年代から発生事例がある。しかし、ネット上にアップされている映像や報告が２０１１年８月～９月に集中しているのは、スウェーデンの医師であるカール・コールマンの計算が示したマヤ暦の終了と、それにともなう人類滅亡の日時であった２０１１年10月28日が目前に迫っていたことが一因であろう。

このときの人類滅亡の危機は人類の平和を願う意識の変化なのか、地球ガイアの意思なのか、なんとか無事に回避された。東日本大震災によって、日本のみならず多くの人類が一丸となって平和への意識が芽生え、あのときから地球全体に大きな変化が起こったように筆者には思える。

しかし、後述する「ヨハネの黙示録」予言の解析によると、それでも滅亡のシナリオ自体はすでに始まっているようだ。

なお、地獄の音はその後も散発的に世界中で発生していて、日本のマスメディアは取り上げないが、なんとわが国でも発生していたのだ！

２０１２年３月には東京で、２０１３年１月では福岡で観測された。同年11月18日にはイギリスでも発生し、２０１３年８月29日早朝にはカナダでも発生した。再び世界の注目を集めている。

◆奇怪な爆音が聞こえた後、大地震が発生した

これらの奇怪な音は時折、近隣住民に様々な被害をもたらす。

１９７７年、イギリスの新聞社は「奇妙な音が聞こえる」という手紙を８００通ほども受け取った。奇怪な音を聞いた人々は、不眠やいらつき、健康状態の悪化、読解力あるいは理解力の著しい低下、神経痛、頭が変になるようなイライラに苦しんでいたという。調査員たちは真相究明に乗り出したが、未だその原因を突き止めることはできていない。

１９９３年には似たような現象がアメリカ・ニューメキシコ州のタオス（Taos）で起きた。神経を逆なでするような耐えがたい音に関して、タオスの住民が議会にクレームを出したが、この原因も未だに解明されていない。タオスの住民の２パーセント、１４００人の人々が「タオス・ハム」と呼ばれるその怪音を聴いたという。

また、この音は地震と連動する場合もある。

１９９７年9月16日、アメリカ・ノースキャロライナ大学チャペルヒル校のキャンパスは轟音によってマグニチュード１・１の地震が起きたと記録した。地表監視設備によると、そのエネルギーは大気から発生していなかったので、ソニックブーム（音速以上で飛行するジェット機などの衝撃波が、地上に到達して爆発音として聞こえる現象）の可能性は除外され、発生源は未だ謎である。

２０１１年８月23日にもアメリカ・コロラド州で奇怪な爆音が聞こえた。そして、この日には東部バージニア州でＭ５・３の大地震が発生した。

◆人工的に起こされた説と、超自然的な力により起こった説がある

この「地獄の音」の正体は何なのだろうか？

①ＨＡＡＲＰによる電離層破壊による音

②地下都市説

など人工的に引き起こされたのではないか、という説と、

③プレート（地下内部）の亀裂の音節

④ポールシフトが始まっていて、地球自体が極移動を少しずつしている音だという説

⑤７人の天使のラッパの声

⑥意思ある「地球」の呻き声

等といった地球・ガイア生命体、または神や天使の超自然的な力によって引き起こされたのではないか、という説が論じられている。

①に関しては、「気象兵器」ＨＡＡＲＰ説との関連により、電磁層の破壊を要因とする説である。

ＨＡＡＲＰ（41ページ参照）は、表向きはアメリカ合衆国で行われている高層大気研究プロジェクトである。アメリカ空軍、アメリカ海軍、国防高等研究計画局（ＤＡＲＰＡ）の共同研究であり、大出力の高周波を電離層に照射して活性化させ、電離層の挙動や無線通信等への影響を調査することが目的である、と説明されている。

東京大学も誘導磁力計（induction magnetometer）を提供しているとされる。しかし、実際は天才科学者であり、後に不本意にもロックフェラーに技術を軍事利用されてしまったニコラ・テスラの科学技術を応用して、敵国の気象を操作したり、地震を起こしたり、人間の脳にも障害を与えることができるといわれている。

あの東日本大震災がＨＡＡＲＰによる人工地震であった、という説は根強くあり、日本のみならず世界的にも有名である。２０１２年にアメリカの極秘情報をリークした後ロシアへ亡命して世界を騒がせた元ＣＩＡ職員のエドワード・スノーデン氏も、ＨＡＡＲＰに何度も言及している。

現在、地球の大気の電離層に向けて、１０００億ワットに当たる高周波が照射されている。それらはオゾン層のみならず、大気圏の電離層を破壊している。

ＨＡＡＲＰが世界に与えている影響は様々であり、電離層の温度が異常に上昇した結果、地球が見せた激しい反応は、ハリケーン、洪水、竜巻、干ばつ、そして悪疫となって地上に猛威を振るっているといわれている。

各地の地震の原因がＨＡＡＲＰだとすれば、１９９７年9月16日、ノースキャロライナ大学チャペルヒル校のキャンパスで発生した地震も人工地震なのだろうか。
②に関しては、スノーデン氏が「地下のマントル近くに、われわれ人類よりもはるかに高度な技術を持つ人類がまだ生きている」という情報をニュースサイト「インターネット・クロニクル」で発表している。この地底人が住む地下都市で核爆発が起こったときの音が「地獄の音」ではないか、という説である。
同様の報告をロシア連邦軍参謀本部情報総局（ＧＲＵ）もしている。ＧＲＵの報告によると、１９６０年代の初期以来、広大な軍事トンネルネットワークがアメリカの地下に建設されたが、２０１１年8月22～23日に終点であるコロラド州とバージニア州で度々核爆発の攻

撃を受けたのだという。

この日にコロラド州で聞かれた「地獄の音」は核爆発音で、東部バージニア州の大地震をもたらしたとする説もある。アメリカ軍部・ＣＩＡはアメリカの地下でどのような目的で何をしているのだろうか。

③に関しては、俗にいう「天変地異」による大地震・大噴火の予兆であるという説だ。それによると、地下内部のマントルと各プレートの地殻変動の総合的な動きによる「地下内部から発せられる音現象」であるという。

現に昨今では、世界各地で地震が増えている。わが国に未曽有の惨劇をもたらした東日本大震災をはじめ、トルコ・イラン・スマトラ・南米・ニュージーランドなど各地で大地震が発生している。そして、先に述べたようにアメリカには、「地獄の音」観測直後に実際に地震が起こった事例もある。

④に関しても、地殻変動により、ポールシフトが起こっているというものである。

ポールシフトとは、地球の地軸がずれる現象をいう。極端な話、磁場が逆転したなら、方位磁石の針は南を向くことになる。気象変動や天災が頻発する原因の一つにポールシフトが挙げられているのだ。

１９９８年以来、北極は１年に64～80キロメートルほどロシアに向かって移動していて、しかも、最近では1年間の移動速度が加速しているそうだ。このため、シベリア、中国、インドの一部、ヨーロッパの一部では温暖化ではなく、寒冷化が進み、貧困層が寒波によって凍死している。

15世紀フランドルの画家ハンス・メムリンクが描いた「最後の審判」(グダニスク国立博物館所蔵)。ラッパを吹き鳴らす天使の姿も見える。

ポールシフトではなく、実際に地球が傾いていると いう説もある。

⑤に関しては、『新約聖書』の「ヨハネの黙示録」に「最後の審判が始まるとき、7人の天使がラッパを吹き鳴らす」という趣旨の記述がある。そのラッパ音、または終末の警告音が「地獄の音」だという説である。

2012年12月のマヤ暦の終末論がブームだった2011年には、この説が有力であり、「地獄の音」という命名も聖書からきている。

「ヨハネの黙示録」には次のような記述もある(傍点は筆者)。

◆あと一人の天使がラッパを鳴らすと「最後の審判」が下され、終末が訪れる

○第一の天使がラッパを吹くと、血が混じった雹と火が現れ、地上に投げつけられた。地上の三分の一が焼け、木々の三分の一が焼け、青草もことごとく焼けてしまった。
○第二の天使がラッパを鳴らすと、火で燃えている大きな山のようなものが海に投げ込まれ、海の三分の一は血と変わり、海の中に生きている被創造物の三分の一は死に、船も三分の一が破壊された。
○第三の天使がラッパを鳴らすと、たいまつのように燃えている大きな星が天から落ちた。それは川の三分の一と水源の上に落ちた。この星の名を「苦よもぎ」といい、川の三分の一が苦よもぎのように苦くなった。そのために多くの人々が死んでしまった。
○第四の天使がラッパを鳴らすと、太陽の三分の一と月の三分の一と星の三分の一とが打たれた。そのため、これらのものの三分の一が暗くなったので、昼はその光の三分の一を失った。夜も同じであった。
○第五の天使がラッパを鳴らすと、一つの星が天から地に落ち、その星に穴があき、煙が立ち込め、この煙で太陽も空も暗くなった。その煙の中からイナゴが出てきて、額に神の刻印のない人間を五か月の間苦しめた。（中略）そのイナゴは底知れぬ淵の使いを王としている。その名はヘブライ語でアバドン（アバドンとは「滅び」の意）と言い、ギリシャ語でア

ポリオンという。

○第六の天使がラッパを鳴らすと、神の前にある金の祭壇から声がした。「大河ユーフラテスのほとりにつながれている四人の天使を解き放て」と言った。（中略）地上の人間の三分の一を殺させるために四人の天使は解き放たれた。その騎兵の数は2億であった。

騎兵は三分の一の人間を滅ぼした。これらの災いによって殺されなかった生き残りの人々は、自分の手で作ったものを棄てて悔い改めることをせず、悪魔どもや、金、銀、銅、石、木、などで作られた、偶像を礼拝するのをやめなかった。また彼らはその犯した殺人や、魔術や、姦淫や、盗みも、悔い改めなかった。

○第七の天使がラッパを鳴らすと、様々な大きな声が天に起こってこう叫んだ。「この世の国は、我らの主とそのメシアのものとなった。メシアは世々限りなく支配する」（中略）天にある神の神殿が開かれ、その中に神の契約の「ひつ」が見えた。すると、稲妻と雷と地震が起こり、大粒の雨が降った。

「ヨハネの黙示録」の解読で、興味深い説を紹介する。この説によれば、「第一の天使」の「血が混じった雹《ひょう》と火」は、なんとわが国に落とされた原子爆弾であるという。そして、「第二の天使」の「海に投げ込む山」は、アメリカの太平洋で行った水爆実験であるという。

「第三の天使」の「苦《にが》よもぎ」はチェルノブイリ原発事故であるという説は皆さんも聞いたことがあるかもしれない。チェルノブイリという言葉の意味は「苦よもぎ」だからである。

「第四の天使」の記述に関しては説が分かれるが、核実験だと思われる。

「第五の天使」の「イナゴ」はイラク戦争で使われた劣化ウラン弾であるという。ユダヤ・キリスト教から見て、「神の刻印のない」イスラム教徒が苦しめられた。未だにイラクでは劣化ウランの影響で奇形児が生まれているとされる。

そして、「第六の天使」の記述の「四人の天使」は福島原発事故である。「大河ユーフラテスのほとり」はユーラシア大陸の隣の一番端にある日本のさらに東の福島という土地を表し、四人の天使とは1～4号機の原発、「2億の騎兵」は2億マイクロシーベルト、つまり、200シーベルトを表すのだという。日本人は史上最大の原発事故にあったにもかかわらず、稼動原発は減ったものの未だに原発依存から完全に脱していない。

余暇は「3S（Screen［映画］、Sport［スポーツ］、Sex［セックス］）」に費やし、福島原発事故は忘れ去られつつある。現在、男女共に不妊症も増えていて5人に1人が不妊症だといわれているが、一説には未だに垂れ流される放射能が一因だともいう。毎年人口が減っているが、日本が人口の3分の1を失う日はそう遠くないのかもしれない。

もしその説が本当なら、「ヨハネの黙示録」の終末を呼ぶ7人の天使のうち、不幸にも2

人も日本を選んでしまったことになる。だとすれば、終末はすでに始まっていると言えるのかもしれない。

２０１６年になって「地獄の音」がわが国でも頻繁に聞かれるようになったのには重要な意味がある。すでに６人の天使がラッパを鳴らしている――つまり、あと一人の天使がラッパを鳴らすと、「最後の審判」が下され、終末が訪れてしまうのではないか。

なお、イスラム教の聖典コーランにも同様の記述があり、世界の終末にアッラーが審判を下す「審判の日」には、大天使ガブリエルの吹き鳴らすラッパによって死んだ人々が皆蘇ると信じられている。

⑥は「地球生命体ガイア理論」と呼ばれるが、これは「地球は意思を持つ生命体」という説である。地球は「地殻・マントル層・核という体」で、「水→雲→雨」という循環器で、「大陸を移動させる筋力」「大気を宇宙に捨てる排出機能」を有するため、この理論が成り立つとされる。

この説によると、地球を汚すガン細胞である人類に対し、地球は度々、自浄作用を起こしてきたという。具体的には天災や異常気象を起こしたり、未知のバクテリアや新種のウイルスを送り込んだりして、人口削減政策を行ってきたというのだ。

③で述べたプレート（地下内部）の亀裂、④ポールシフトも「地球・ガイア生命体」の意

思なのかもしれない。昨今では、男性の精子の数が激減したり、女性のＹ染色体も短くなって不妊症の女性が増えているといわれる。

不気味な音は人類によって苦しめられた「地球・ガイア生命体」の呻き声なのだろうか。わが国では原発が多い地域は、不幸にも地震発生率が高いが、これも地球の自浄作用なのかもしれない。

◆今こそガイア生命体の声に耳を傾けたい

いずれの説を採るとしても、これらの要因が複合的に結びついている可能性があるとするなら、何かとんでもない恐ろしい出来事――もしくはその予兆――がすでに起きていることになる。この音が終末の予兆ならば――われわれは耳を傾けて、可能な限り危機管理をしなければならない。

今「地獄の音」が各地で聞かれており、わが国でも増えている。そして、世界では気候変動、異常気象等が起き、また政治・経済的にも日本だけでなく、各国もリーマンショック以来景気が回復しているとは言えない。

中国は経済危機になり、イギリスの離脱が決定したＥＵはさらなる不況に陥ると予測されている。ギリシャもついに経済破綻するかもしれない。

つまり、いつなんどき世界恐慌が起きてもおかしくないのだ。トランプ大統領の就任は中東情勢の不安定化を招き、いつ大規模な戦争が起きても不思議でない時代になってしまった。

「ヨハネの黙示録」を解読すると、終末はわが国から始まる、もしくはすでに始まっているのかもしれない。「プレートの亀裂」説を採ると、真っ先に影響を受けるのは、フォッサマグナ地帯がある地震大国・日本である。

天災が多い島国であるわが国は、ポールシフトによる異常気象の影響も受けやすい。わが国は欧米と比べるとキリスト教的思想である「地獄」と縁が薄いように思われるのだが――。

「黙示録」の「第一の天使」の記述が日本への原爆投下を指し、「第六の天使」の記述が福島原発事故を指しているのだとすれば――終末はわが国から始まり、そして「最後の審判」までに人類に残された時間はそうはないことになる。

だとすれば、今こそ大地の声――地球＝ガイア生命体の声――に耳を傾けたい。わが国には古来からシャーマニズム・森羅万象に対する信仰が存在していたが、今一度古人が大切にしてきたガイア生命体とのコミュニケーションを大事にすべき時期に来ているのだ。

そこから、「最後の審判」への対策が何か見えてくるのかもしれない。

「金正恩体制は２０１７年～２０１９年に崩壊する」と北朝鮮の占い師たちが予言した！

北朝鮮情勢が緊迫している。北朝鮮の度重なるミサイル発射もあり、米国のトランプ大統領は北朝鮮についにキレ始めた！

「あらゆる選択肢がテーブルの上にある」という発言には当然、北朝鮮への軍事攻撃の選択肢も含まれている。中国が大嫌いだったトランプ氏が最近態度を豹変させて急に中国に歩み寄った。

トランプ米大統領は中国の習近平氏と度々会談し、北朝鮮への経済制裁の強化を求めてきた。トランプ大統領が北朝鮮への軍事攻撃に踏み切る際に中国の支持を求めているのは明らかだ。中国の後ろ楯を失った金正恩政権は、ついに米国によって崩壊させられるのか？

実は金正恩体制が２０１７年～２０１９年に崩壊する、という予言が北朝鮮の占い師たちの間で流布している。

情報統制され思想の自由も制限されている北朝鮮で、本来占いは法律で禁止されている。最高指導者である金正恩が、「神」と同等の存在であり、それ以外の人間が「神通力」を持つことを認めないからである。

北朝鮮の刑法では、占いや宗教を含む「迷信」を次のように規定している。

「刑法256条（迷信行為罪）金または物を受け取り、迷信に基づく行為を行った者は1年以下の労働鍛錬刑に処す。前項の行為の情状が重い場合には3年以下の労働鍛錬刑に処す」

しかし、不安定な社会ほど人々はオカルト・スピリチュアルにはまるものだ。北朝鮮では1994年に金日成が死去し、さらに90年代後半に大飢饉が発生してから、急速に占いが流行り始めた。

そして、米の短波ラジオ放送、フリー・アジア（RFA）によると、北朝鮮で2016年秋頃より「2017年は赤酉の年。金正恩が血の粛清をすることにより、大規模な人命被害が起こる」「金正恩氏の運は2019年に尽きる」という占い・予言が出回っているという。

「北朝鮮のババ・バンガ」とも言うべき、著名な占い師は、「赤い酉の年（2017年）は北朝鮮の大地に血が溢れる」と予言した（ババ・バンガとは、ブルガリアの著名な盲目の預言者で、あのアドルフ・ヒトラーをはじめ世の権力者たちもババ・バンガのもとに通ったとされる人物だ）。そして、多くの占い師たちが「２０１７年には、核戦争や自然災害、金正恩の暗殺のような予測不可能な大惨事が起き続け、亡くなった人を埋葬する土地が足りないくらい多くの遺体が積まれる」と述べているという。

これらの予言をした占い師４人、噂を流布した住民40人は不穏分子として北朝鮮の保衛省に逮捕されたが、どうやらその予言は２０１７年になってから現実味を増したように思える。

これらの予言・占いは、多少時期のずれがあっても、２０１７~２０１９年に北朝鮮で大惨事が起き、金正恩政権の崩壊は近い、ということでは一致する。

北朝鮮は度重なるミサイル実験を行い、米国のトランプ大統領は幾度の警告も聞かない北朝鮮に対し、軍事攻撃も含めたあらゆる制裁を行う構えでいる。中国の習近平に対して北朝鮮の制裁を強化するよう、かねてから交渉していたトランプ大統領だが、それでも効き目がない場合、軍事攻撃を選択するかもしれない。突然、国連の決議も受けずに、シリア空爆に踏み切ったように――。

いつなんどき、戦争が勃発してもおかしくない状況だ。

富を独占し、民を飢えさせている金正恩政権が崩壊するのは喜ばしいことかもしれない。しかし、北朝鮮と米国が戦争になったら、日本の行く末が心配である。

米軍基地がある日本は北朝鮮の攻撃の対象になり、日本が戦場になる可能性がおおいにある。日本のみならずアジアに戦火が広がる可能性もあるだろう。穏便に収束に向かえばよいのだが——。

参考：
http://www.rfa.org/korean/weekly_program/nk_now/nktoday-10242016095318.html
フリー・アジア（ＲＦＡ）
http://indeep.jp/kim-jong-un-orders-evacuation-and-2017-predictions-of-north-korea/
In Deep
https://news.yahoo.co.jp/byline/kohyoungki/20161026 - 00063709/
ヤフー・ニュース

サグラダ・ファミリアが完成する2026年に人類が滅亡する!?

◆大天使ガブリエルがフリーメイソンのシンボルを表している!?

天才建築家アントニオ・ガウディのサグラダ・ファミリアがようやく2026年に完成するそうだ。サグラダ・ファミリアとはスペインのバルセロナにある教会で、ガウディの代表的な建築物である。

サグラダ・ファミリアには「ガウディコード」と呼ばれる暗号が隠されている。「受難の門」と呼ばれる門に、魔方陣ともいうべき数字盤があるのだ。写真を見ていただければわかる通り、3つの数字列、もしくは隣接した4つの数字を合わせるといずれも「33」になる!

また、「信仰の門」には受胎告知を受ける聖母マリア像があるが、その上に、大天使ガブリエルの右の手のひらがあり、そこに目が彫られている。さらに、サグラダ・ファミリアの所々に「M」の文字が刻まれている。

お気づきだろうか? それらは、秘密結社フリーメイソンのシンボルを表しているように思える。33はフリーメイソンで最高の位階であり、カバラ数秘術でもマジックナンバーと呼ばれる。また、イエスの生涯も33年であった。「右手のひらの目」は言うまでもなく、「万物

サグラダ・ファミリアの「受難の門」にある魔方陣になった数字盤

サグラダ・ファミリアの全景（2009年撮影）

を見通す目」とそっくりである。

そして、「M」はMasonを表しているのではないか。実際、「ガウディはフリーメイソンだった」という説もある。

ガウディが生まれたレウス（Reus）という町はスペインのフリーメイソン発祥の地で、フリーメイソンが多かった。ガウディの子供時代の大親友、エデュアルドはフリーメイソンだったし、ガウディのスポンサーであったエウゼビ・グエルもフリーメイソンだったといわれている。２０１３年12月27日放送のＴＶ番組「やりすぎ都市伝説」がスペインのフリーメイソン、ジョアン・パルマローラ氏に取材したところ、パルマローラ氏はガウディがフリーメイソンであったことを認めた。

ただし、否定説もある。「万物を見通す目」はホルスの目であり、左目だ。しかし、サグラダ・ファミリアの右の手のひらの目は右目だと解釈されるのが通説だ。ホルスの左目でないとすれば、誰の目なのだろうか？　ユダヤ教における唯

アントニオ・ガウディのスポンサーだったエウゼビ・グエル

サグラダ・ファミリアの柱も「M」の文字を描いている！

一絶対の神、ヤハウエの目なのだろうか――？

そして「M」に関しても「聖母マリアのM」だという説もある。ガウディは聖母マリアへの熱心な信仰心を持っていて、ガウディの墓もサグラダ・ファミリアの地下聖堂の聖母マリアの彫刻の下にある。

しかし、サグラダ・ファミリア以外にも、ガウディの建築物にはフリーメイソンのシンボルが散見される。その一つ、グエル公園の中央広場などは特にあからさまで、下から階段を見上げると「万物を見通す目と13段のピラミッド」が現れる。

これは、いうまでもなくフリーメイソンのシンボルマークで、キリスト教徒が忌み嫌う「裏切り者ユダ」の数字だ。ここの階段は33ではなく13段であるが、いずれにしてもフリーメイソンにとって重要な数字で、どうも「ガウディコード」と「フリーメイソンシンボル」の重なりは偶然にしては頻繁に出現しすぎるように思われる。

◆サグラダ・ファミリアで奇跡体験をする人が多い

筆者は2014年4月にサグラダ・ファミリアを取材した。中に入った途端に驚愕した。スペインでの気候の変化のためか、その前に風邪をこじらせてしまっていたのだが、大聖堂に入った途端に喉の痛みが引いたのだ。心身に癒しとパワーがみなぎるのを感じた。

また、同行していた2人の知人、AさんとBさんにも変化があった。Aさんは、もともと貧血気味で渡航の前日に気を失ったほどなのだが、「大聖堂に入った途端に力がみなぎった」と言っていた。Aさんの顔色にも変化があり、青白い顔が健康的な肌色になった。

Bさんは、肩こりと腰痛がひどかったのだが、「痛みがなくなり、身体が軽くなった」と語った。

筆者ら3人のみならず、サグラダ・ファミリアに行って、「病気がよくなった」「運気が上がった」「自分の中のマイナスの感情が薄くなった」など奇跡とも呼べるような体験をする人々も多い。

サグラダ・ファミリアは強烈なパワースポットのようだ。それは、ガウディコードの魔術的パワーのおかげなのだろうか？

ローマ教会はサグラダ・ファミリアを「バジリカ」として公式認定している。バジリカとは一般的な教会よりもランクが上ということで、特権を受けた聖堂なのだが、未完成の建物に「バジリカ」認定をするのは極めて異例だ。これは、サグラダ・ファミリアが奇跡のパワースポットだからだろうか？

サグラダ・ファミリアはもともと、カトリックの聖地である「願いを叶える黒いマリア像」があるモンセラットの岩山がモデルだそうだ。古来、モンセラットも強烈なパワースポットだといわれている。モンセラットの聖堂内にある「黒いマリア像」には、語り継がれている伝説がある。その伝説とは――。

その昔、モンセラットのサンタ・コヴァ洞窟で羊飼いたちが黒いマリア像を発見した。その黒いマリア像を麓《ふもと》まで降ろそうとした。

しかし、どうしても動かなかったので、その場に聖堂を建てた。そして、像は８世紀の間、イスラム教徒侵略時にも隠されていた。

ただ、実際のところ、黒くなったのは祭壇にあるろうそくのススがついたのだともいわれるが――。とはいえ、そこが現在もカトリックの聖地であることには変わりはない。また、この像に触れると「願いが叶う」ともいわれている。

黒マリア像はモンセラット修道院内にあるが、この像をひ

モンセラット聖堂

と目見るために毎日人々の行列が絶えない。因みに、ガウディはモンセラットの修道院の建設にも携わっている。

モンセラット聖堂内にある「黒いマリア像」

◆サグラダ・ファミリアのレリーフは人類の歴史を表す？

サグラダ・ファミリアにはフリーメイソンのシンボルと相通じるガウディコードの他に、様々な聖書の場面のレリーフもある。建物内のある柱の台座にはリクガメとウミガメのレリーフが置かれている。

また、イエスの誕生を表す彫刻の柱の根元には、リンゴを咥《くわ》えた蛇の彫刻、悪魔に誘惑されるイエスの彫刻もある。

「受難のファサード」の口上部には、イエスの心臓を表す彫刻があり、周りには茨《いばら》がからまり、蜂が血を吸っている。

建物の外には、祈る少女にすり寄っていく人面魚の悪魔の彫刻や、労働者の少年に爆弾を渡す恐ろしい獣の彫刻もある。少年は爆弾を手に取るが、顔は聖母マリアの方を向いている。

これらのレリーフは実に謎めいている。一般的な教会に置かれるレリーフは、イエスやマリア、天使たち、法王などがほとんどだが、サグラダ・ファミリアには悪魔や竜、不気味なカメレオンに奇妙な獣など、恐ろしいレリーフが多い。

もともと、「サグラダ・ファミリア」とは「聖家族」という意味だ。つまり、イエス・マリア・ヨセフであるわけだが、こんな恐ろしい彫刻を創らずとも、「聖家族」に捧げるのなら、「聖家族」の彫刻をたくさん創ればいいのではないだろうか？

おそらく、ガウディは聖書が描いている本来の歴史の意味合いを忠実に表現したかったのだと思う。「神」がいれば、その対極として「悪魔」の存在がある。「創世記」から「ヨハネの黙示録」まで、聖書の中身は神と悪魔の闘いの歴史でもある。

建物内の、「リンゴを咥えた蛇」は、創世記に出てきて「禁断の実」を食べるようにエバを誘惑する蛇──堕天使ルシファーだろう。「悪魔に誘惑されるイエス」に関しても、イエスがシナイ山に修行に行って「悪魔に誘惑される」という「荒れ野の誘惑」という記述がマルコ・マタイ・ルカの各福音書に記されている。

「受難のファサード」の彫刻はイエスの「死と復活」だろう。イエスは十字架にかけられた際に茨の冠をつけている。

そして、建物の外の恐ろしい彫刻は「ヨハネの黙示録」ではなかろうか。「人面魚」のレリーフもあるが、イエス・キリストは「魚」に例えられることが多い。

また「ヨハネの黙示録」では、ハルマゲドンの前に人類をだます「偽キリスト」が現れるとされる。だとすると、建物の外の恐ろしい彫刻は「偽キリスト」が少女をたぶらかす場面であろうか。となると、「労働者の少年に爆弾を渡す獣」は黙示録の獣そのものではなかろうか。

サグラダ・ファミリアの中には未だ完成されていないレリーフもあるという。２０２６年にすべてのレリーフが完成すると、聖書の隠された歴史――そして人類の歴史が明らかになるのかもしれない。

サグラダ・ファミリアが２０２６年に完成すると、全部で18の塔ができる。18＝６＋６＋６で、６６６は「獣の数字」だ。

実に不吉なように思えるが、実はサグラダ・ファミリアが完成する２０２６年に世界が大きな転機を迎える、という予言がある。

◆死海文書によると「新世界秩序」の完成は２０２６年

この予言が書かれているのが「死海文書」だ。死海文書とは、１９４７年頃からイスラエルの死海の近くの洞窟で、若い羊飼いによって発見された文書と、その後の調査によって発見されたヘブライ語、アラム語、ギリシャ語で書かれた一群の文書である。新約聖書の原型であるという説もある。

その内容は大別して以下の７つに分類される。

①「教団規定・会衆規定」：宗教結社の戒律が記された書で、死海文書を製作した教団内部の要覧である。「世の終わりに集まったイスラエルの全会衆のための規定」と記されており、終末時に現れる地獄の業火が象徴的に描写されている。その際、「アロンのメシア」「イスラエルのメシア」と呼ばれる二人の救世主が現れるという。

②「感謝の詩編」：宇宙的な規模の破局を描いた壮大な叙事詩であり、来るべき人類の破滅の姿が克明に記されている。

③「光の子と闇の子の戦い」（「戦闘規定」）：「光の子」と「闇の子」と呼ばれる2派がいて、最終戦争をしている姿が描かれる。

④「ハバクク書注解」：『旧約聖書』の「ハバクク書」の注解という形をとる予言書。

⑤「外典創世記」：『旧約聖書』の「創世記」の物語の異本で、ヘブライ語の方言であるアラム語で書かれている。

⑥「モーセの言葉」：神がモーセを召して命じた言葉や、モーセがイスラエルの全会衆に語った決別の言葉が綴られる。

⑦「奥義の書」：「奥義」や「秘密」という言葉が頻出する謎めいた文書。

これらの文書は、いずれも羊皮紙《ようひし》かパピルスの巻物にインクで書かれていたが、それ以外に、銅板に彫り付けた物もあった。

死海文書が発見された当時、学界の反応は冷たく、これを「偽書」として葬り去ろうというキャンペーンさえ繰り広げられた。しかし、その一方で、イスラエルをはじめとする各国政府、そしてバチカンは、死海文書をめぐって激しい争奪戦を繰り広げた。

だが、一般人に対しては死海文書の内容は発見以来、常に隠し通されてきた。発見から40年を経た1983年になってようやく「神の巻物」と呼ばれる最も重要な部分の一部が発表された。

しかし、これを公開した考古学者にしてイスラエル軍の将軍イガエル・ヤディンは、その翌年に謎の急死を遂げる。バチカンを中心とする勢力は、その後も死海文書の隠匿を続けた。

未公開であった死海文書の全ページの写真コピーが、カリフォルニア州サンマリノのハンティントン図書館によって公開されるに至ったのは、ようやく1991年のことである。ただし同図書館も、その写真を返還するようバチカンから圧力を受けている。

死海文書に含まれるダニエル書によると、「エルサレムの荒廃のときが終わるまでには70年かかる」という。預言者ダニエルは預言者エレミヤの言葉を引き合いに出しながら、再建された聖都エルサレムの荒廃が70年続くと述べているのだ。

つまり、イスラエル建国の１９４８年を基点に70年後と考えるならば、**破滅のときは２０１８年である！**

また、エルサレムの復興と再建をめぐる預言者の言葉が出された後、「7週と62週」すなわち69週後に広場と堀が再建される、という。１９４７年から69週後、すなわち１９４８年に、約２０００年ぶりに流浪の民、ユダヤ人たちが約束の地シオンに帰還し、イスラエルの建国を宣言したのだ。

ダニエルの預言が正しければ、この年を起点として、70年を経た２０１８年に、ハルマゲドンが起きることになる。

なお、著名な作家・研究家の並木伸一郎氏の解釈によると、死海文書に描かれるハルマゲドンは40年間の戦争で構成されるそうだ。

まず安息と破局が交差した5年の平安期があり、次に6年の「準備期間」があり、そして29年に及ぶ大戦争が起きるという。

1991年の湾岸戦争からイスラエルは準備を始めていた。そして、戦乱が1997年から始まっていると仮定すると、終結するのは29年後だから2026年になる。さらに、「26」のゲマトリア（ヘブライ文字の数秘術）の意味は〝YHWH〟（神）である。「13」というとキリスト教世界では裏切り者ユダの象徴で、不吉な数字とされるが、ゲマトリアでは「愛」の象徴であり、「唯一」という意味合いをも持つ。

そして、13×2＝26は「唯一神ヤハウエ」の意である。すなわち、2026年に歴史上極めて重要な出来事が起きることが想定できるのだ。

◆13年ごとに人類は節目を迎える？

「人類の歴史は13年ごとに節目を迎える」という説がある。先述のように、「13」はゲマトリアで特殊な意味を持つ数字だ。

また、皆さんは「ファティマの奇跡」をご存じだろうか。ファティマの奇跡とはポルトガルのファティマで聖母マリアが出現し、3つの予言を授けたという奇跡だ。ファティマに出現した聖母マリアが出現した最初の日は1917年5月13日。そして、その後も毎月13日に聖母マリアは現れた。

また、予言を託されたルシアが亡くなったのは、2005年2月13日である。不吉な事件でいえば、故ヨハネ・パウロ二世の暗殺未遂事件が起きたのは1981年5月13日だ。13は奇跡のパワーも持てば、不吉な出来事をも起こす、諸刃の剣のようだ。キリスト教では13はイエスを裏切った13番目の弟子を象徴し、13日の金曜日なども不吉とされる。

さて、2026年の13年後に関しても恐るべき予言が存在する。アドルフ・ヒトラーの予言だ。

五島勉『ヒトラーの終末予言　側近に語った2039年』によると、ヒトラーは2039年に「人類は既存のものでなくなり、新人類と旧人類に分かれる」と予言しているという。偶然なのか、ジョン・F・ケネディ暗殺に関する真相が書かれている「ウォーレン報告書」も2039年に公開される。

「ファティマの奇跡」をイラストにしたカード

ジョン・F・ケネディは地球外生命体の存在を公表しようとして暗殺された、という説が有力だが、宇宙人とヒトラーのいう「新人類」は何らかの関連があるのだろうか。チャールズ・ダーウィンの進化論には「進化の過程がわからない期間＝ミッシングリンク」があり、昨今では進化論否定派の学者も増えている。

そこで浮上するのが「人類は宇宙人の交配によって創られた」という説だ。もし、2039年に新たなる交配によって、新人類が誕生したら――それは、宇宙人と人類の誕生にまつわるすべての謎が明らかになる時なのかもしれない。

因みに、ファティマの奇跡のときにもUFOが出現していたといわれており、また聖母マリアもイエス・キリストも、そして聖書の神話のもととなったという古代エジプトの神々も宇宙人である、という説もある。となると、「万物を見通す目」も宇宙人である神の目ということになる。

また、2026年の13年前の2013年も、ロシア・ウラル地方のチャリビンスクの隕石落下や、イランや中国・四川の大地震などの天災や不吉な事件が絶えない年だった。この年は、米政府が公式に「エリア51」の存在を認めたり、世界的にUFO目撃情報も多かったりと、隠蔽されていた情報の一部が明るみになったりもした。

そして、その13年前の2000年は言うまでもなく、世界的な節目であり、カトリックの間では「大聖年」とされた年であった。

ガウディはサグラダ・ファミリアの建築を急がなかった。それどころか、「ここの主は急いでいない」という予言じみた発言をした。

ガウディはもともと霊感が強かったが、先のハルマゲドンと新世界秩序を見越して、サグラダ・ファミリアに「ガウディコード」という警告を残したのだろうか？　いや、それどころかガウディが高位階のフリーメイソンであったとすれば、イルミナティの新世界秩序を「知っていた」のかもしれない――。

中東ではイスラム国、西欧ではウクライナ危機、米政府内の混乱と中国の経済恐慌、そしてわが国の集団的自衛権と右傾化――世界情勢は混沌としており、いつ第３次世界大戦が起きてもおかしくない状況である。人類が平穏な状況で無事に２０２６年、そして２０３９年を迎えられることを願ってやまない。

タイムトラベルをしてきた人たち

タイムトラベルは実際に可能なのか？　アインシュタインの相対性理論上は、光より高速に動くタイムマシンに乗れば可能になる。

しかし、「タイムトラベルを経験したことがある」という人々の多くはタイムマシンには乗っていないと思われる。物理学には多次元宇宙論という理論がある。われわれの住む宇宙空間とはまったく別の宇宙空間が重なり合っている、という理論だ。そして、量子力学でいう「量子のもつれ」により異次元の扉が開くことがあり、そのとき、われわれはタイムトラベルや、パラレルワールドを旅することが可能になる。

この世のどこかにブラックホールがあり、そこを通ってわれわれの体は異世界のホワイトホールに流れ、量子が再構成されることになる。ではここで、タイムトラベルをしてきた人物たちをご紹介しよう。

◆２１７３年にはアメリカ政府は存在せず、２７４９年には政府というものが消滅!?

政府のタイムワープや極秘超能力研究のためのプロジェクト「モントーク計画」に参加した米国のアル・ビーレック（１９２７年生まれ）は２１７３年の世界で６週間、その後２７４９年の世界で２年間を生きたという。弟と共にこの実験に参加したアル・ビーレックは、気が付くと、２７４９年に飛ばされて、その世界で2年を過ごした。そして、突然、２１７３年で目を覚まし、弟と合流し、１９８３年に戻ったという。

「モントーク計画」に参加したアル・ビーレック

「モントーク計画」はかの有名な米政府の極秘プロジェクト「フィラデルフィア実験」の流れを受け継ぐ、モントーク空軍基地で実施されたプロジェクトである。超能力やタイムワープの技術を研究していたとされる。

「フィラデルフィア実験」は、１９４３年10月28日、原爆開発研究に携わったジョン・フォン・ノイマン博士が中心となり、１９４３年にフィラデルフィア沖で駆逐艦エルドリッジ号に対して行った実験である。ニコラ・テスラのプラズマエネルギー技術を応用したテスラコイルを照射すれば、「物体はレーダーを回避できる」という学説を証明するため、船員を乗せた状態のエルドリッジ号に対して実験が行われた。

しかし、エルドリッジ号は「レーダーを回避」するどころか完全に姿を消してしまい、２５００キロメートル以上も離れたノーフォークに瞬間移動してしまったのである。船員の身体は、突然燃え上がったり、凍りついたり、半身だけ透明になったり、壁の中に吸い込まれた、という報告もある。

行方不明・死亡者16人、発狂者６人という多くの犠牲者を出したフィラデルフィア実験は、建前上は中止されたが、実際には秘密裏に続けられていたという。フィラデルフィア実験は実際には行われていないとして「都市伝説」扱いされているが、生き残った船員から暴露情報が出ているのも事実だ。

そして、フィラデルフィア実験の流れをくんで１９８０年代に行われたモントーク計画に参加したアル・ビーレックは、もともと海軍将校の息子エドワード・キャメロンとしてモントーク計画の前身の研究に従事していた。彼は基地内に設置されたタイムマシンで１９８３年のモントーク空軍基地に送られたという。そこで魂の移植実験を受け「アル・ビーレック」という別の人生を与えられ、弟と共にモントーク計画の実験体にされていたという！

アル・ビーレックは１９８０年代に何度もタイムトラベル実験に参加したそうだ。「ライトエネルギーやダークエネルギーを採取するために、火星をはじめとする地球外惑星や、紀元前10万年の過去や６０３７年の未来にも行った」と主張している。学研「ムー」によると、「火星にはモントーク・ボーイと呼ばれる金髪碧眼《へきがん》の少年たちがいた」と証言したという。

タイムワープの技術について、アル・ビーレックは「米政府が地球外生命体との密約で得たテクノロジーだ」という。

彼によると、２１７３年の未来は、

「２０２５年までに気候の大変動があり、水位が上昇する。海岸線が変わり、世界の地形が大変化を遂げていた」

「アメリカのインフラは崩壊する。アメリカ政府は存在せず、アメリカは国家機能を失う。その理由は、ロシア・中国とアメリカ・ヨーロッパによる第３次世界大戦で、アメリカの主要都市が破壊されるからだ」

「世界の人口は３億人になる。アメリカの人口は５０００万人ほどになる」

「テレビ番組は、教育とニュース番組だけになる」

という。

また、２７４９年については、

「政府は存在せず、人工知能コンピューターシステムが地球を運営する。そのシステムは人類とテレパシーで交信する」

「社会システムは完璧な社会主義になる」
「浮遊都市があり、地球のどこにでも移動できるようになる」
という。

アル・ビーレックの記憶は完全に封印されていたが、1988年に映画「フィラデルフィア・エクスペリメント」を観たことで、かつての実験の記憶が蘇ったという。

◆クロノヴァイザー（時間透視機）でパラレルワールドの一つが見られる！

米大統領選にも立候補したシアトルの弁護士アンドリュー・バシアゴによると、彼は7～12歳のときに「ペガサス計画」なる政府の極秘プロジェクトに参加していたという。同プロジェクトはDARPA（米国防高等研究計画局）による量子アクセスとしてのホログラム透視によるタイムトラベル・テレポーテーションの研究を目的にしていて、老若男女が実験に加わっていた。

これは、ニコラ・テスラの技術を応用した量子テレポーテーションで、「プラズマ密閉室」で行われたそうだ。過去・現在・未来への移動は子供の方が上手だったようで、バシアゴ自身は8回タイムトラベル実験に参加したという。

バシアゴによると、クロノヴァイザー（時間透視機）という透明なクリスタルヘルメットを被り、量子アクセス技術を応用して、時空をホログラム透視するという。

バシアゴは２０１３年の未来をホログラムで透視して、その世界では過去となった９・11同時多発テロの映像を見たという。「ならばなぜ止められなかったのだ？」という批判の声もあるが、「未来を変えてはならない」というペガサス計画に参加する際の規約を厳守しなければならないそうだ。

シアトルの弁護士アンドリュー・バシアゴ
（YouTubeより）

バシアゴは２０１３年の未来映像の中で、米国の議会議事堂や合衆国最高裁判所をはじめとしたワシントンＤＣが30メートルもの水中に沈んでいた光景も見ていたが、幸いこの未来は実現しなかった。

宇宙政治学者アルフレッド・Ｌ・ウィーバー法学博士によると、

「クロノヴァイザーは絶対的な決定論的未来を確認する装置ではなく〝マルチヴァース（多元宇宙）〟における複数の代替未来のいずれかを確認するだけなので、ワシントンＤＣの破滅の光景は、われわれの時間線世界では現実化しない別の時間線世界の出来事という可能性がある」

という。つまり、いくつも重なり合うパラレルワールドのうちの一つにすぎないというのだ。

さらに、バシアゴは火星もホログラムで透視していて、そこでオバマ大統領に遭遇したそうだ。「バラク・オバマ大統領は、20歳のときから火星に2度テレポートしたことがある」という。

バシアゴの主張がすべて事実なのかといえば疑問も湧くが、第34代大統領のアイゼンハワー氏の孫娘、ローラ・マグダリーン・アイゼンハワー氏はペガサス計画の組織内にいて内部情報を暴露している。

◆19世紀に紛れ込んだ男・未来からやって来たトレーダー・旧式コンピューターを回収しに戻った男

1935年、医師のエッグ・ムーンはサネットに住むカーゾン男爵を往診した。処方箋を出し、家を出ると、停めていた車がなくなっていることに気づいた。それだけでなく、そばにあった大きな生垣が消え、舗装されていた道路も土の道路になっていた。

そしてこちらに向かって歩いてくる男を見ると、まるで19世紀の人物のような古風な恰好をしていたという。しかしそれは一瞬の出来事で、再度辺りを見回すと、まるで夢から覚めたかのように、車と垣根が戻り、奇妙な男も消えていた。

２００３年1月、アンドリュー・カールシンは2週間のうちにわずか8万円相当の投資で、3億５０００万円という巨額の利益を得て、インサイダー取引容疑で逮捕された。しかし、カールシンは取り調べで「自分は２２５６年の未来からやってきた人間で、将来の株価の動きを知っていた」と主張した。

彼は保釈されると突然行方不明となってしまい、「未来に帰ったのだ」と噂された。不思議なことに、カールシンはアメリカのイラク侵攻をぴたりと予言していた。

２０００年、ジョン・タイターと名乗る人物がインターネット上にいくつもの予言を投稿した。ジョン・タイターは２０３６年からやってきた軍のトラベル実験に参加している未来人と称し、「１９７５年でIBM５１００を手に入れた帰り道」だという。

ジョン・タイターによる今後起こるとされる予言は、**２０２０年に朝鮮半島が南北統一し、北朝鮮が崩壊する**というものや、**テロ戦争は起こるが第３次世界大戦はなく、経済戦争が起こる**というものがある。

また、２０４３年の世界では、日本はＧＤＰ世界5位で悪くない経済状態であるということだが、消費税は15パーセントにまで上がり、年金システムは崩壊しているそうだ。そのため、今から個人でセーフティーネットを用意しておく必要があると現代人に忠告をしている。

◆存在しない国からきた男・未来の自分に遭遇した男・空襲に遭遇した男たち

1954年7月、ある男性が羽田空港の税関を通ろうとして難儀していた。彼が渡航する予定の国が存在しなかったのだ。

彼が所持するパスポートには、出国を証明するスタンプも押されていた。しかし、パスポートの記録では、男はトレド（Taured）を出国したことになっている。男によると、トレドは「フランスとスペインの間にあり1000年以上の歴史がある国」らしい。職員はもちろんそんな国は知らないので困り果てていた。

結局、男性にはホテルに一泊滞在してもらうことになった。部屋には警備員がつき、パスポートは空港の事務所で預かった。しかし、翌日、男性もパスポートも忽然と姿を消してしまっていた。

ハカン・ノルドクビストは、2006年8月、仕事から帰宅し、キッチンの床が水浸しであるのに気づいた。流しのパイプから漏れたのだろうかと、道具を取り出して修理に取り掛かった。しかし、パイプが流し台の下のキャビネットの奥にあったので、奥へと進んだ。すると突然、キャビネットの反対側に出たという。

そこには、なんと72歳の自分がいた！　お互いに言葉を交わし、腕のタトゥーを見せ合った。ハカン・ノルドクビストは、事実だと信じてもらうため、携帯でその場面を撮影している。

ただし、保険会社が年金プランを売り込むために作った宣伝ビデオに登場する話で、体験談自体がフィクションという説もある。

1932年、新聞記者のベルナルド・ハットンとカメラマンのヨアキム・ブラントは、ドイツ・ハンブルク造船所で取材をしていた。インタビューを終えて帰る準備をしていたとき、突然、空から飛行機の音が聞こえてきた。

見上げると、多数の戦闘機が飛行しており、爆撃が開始された。二人は慌てて屋内に避難して、警備員に「手伝えることはないか」と聞いた。警備員は「すぐに帰るように」と指示したという。しかし帰り道、空襲のさなかで空は真っ暗だったはずなのに、きれいに晴れていたのだ。

車を停め、造船所の方を振り返ると、ガラリと景色が変わっていて、煙一つ上がっていなかった。事務所に戻って、写真のフィルムを現像してみると、そこに空襲の証拠はなかった。1943年、ハットンはロンドンに移り住み、新聞でイギリス空軍がハンブルク造船所の空襲に成功したことを知った。

◆ビンテージカーの女・マリー・アントワネットに遭遇か・飛行機で未来へ飛んだ男・西暦6000年にタイムトラベル

1988年の「ストレンジ」誌の記事によると、1969年にL・Cと名乗る男とその仕事仲間のチャーリーが昼食をとり、車に乗った。

アメリカ・ルイジアナ州の国道167号線を北上していると、前方に1台のゆっくりと走る車が見えてきた。かなり昔の車だが、ほとんど新品のような状態だった。ナンバープレートには1940とある。

運転手は昔風の服を着た若い女で、隣に子供が乗っている。のろのろ運転をする女はかなり動揺しているようだったので、L・Cとチャーリーは「どうかしたのか?」と尋ねた。

L・Cとチャーリーは彼女の車を追い越してから前に車を停め、振り返ったが、その車はどこにもなかった。高速道路のど真ん中で、ほかに行く場所などない。

１９０１年、作家シャーロット・アン・モーバリーとエレナー・ジャーディンはフランスのベルサイユ宮殿を訪れた。庭園を抜けて小トリアノン宮殿へ向かおうとしたところ、庭園は閉園中だった。迂回して小トリアノン宮殿へ向かったが、なぜか道に迷ってしまった。

しばらくさ迷い歩いていると、不思議なことに、そこには三角帽子をかぶった役人や古い鍬《くわ》や農家があった。天然痘に冒されているらしき人もいて、彼らはひどく困惑した様子だった。

ようやく宮殿前の庭園にたどり着くと、古風な服を着てスケッチをする金髪の女性が見えた。二人は宮殿へ向かい、そこへ着くと周囲の風景は元に戻っていた。モーバリーは、スケッチをしていた女性はマリー・アントワネットだったと信じている。

作家のハービー・ブレナンによると、ビクター・ゴダード空軍元帥は１９３５年に偶然パラレルワールドに迷い込んだという。当時のゴダードは空軍中佐で、ドレム基地という当時はまだ機能していなかった基地の視察の任務についていた。

ある嵐の日、不可思議な体験をした。嵐が過ぎるのを待ち、晴れてからドレム基地へ帰還すると、青い作業服を着た整備員が、滑走路の黄色い飛行機の整備を行っていた。本来、作業着の色はカーキとシルバーであるはずなのに、奇妙である。

それだけでなく、基地の光景がガラリと変わっていて、飛行機の色も変わっていたのである。

数年後、第2次世界大戦中にゴダードはドレム基地を再訪したところ、あのときと同じ光景が広がっていたという。

2018年1月8日の「Before it's News」によると、「ApexTV」が西暦6000年の未来に被験者としてタイムトラベルしたタイムトラベラーにインタビューしたという。

タイムトラベラーは遠い未来からやってきた。彼のいる世界ではタイムトラベルが可能だということは常識になっているという。ただし、タイムトラベルにはリスクがあり、人体が影響を受けて臓器や身体の一部が損傷する場合があるという。

タイムトラベラーと共に西暦6000年の世界に行った友人はその時代に残ることを選び、脳の情報をアップロードして肉体を放棄したという。西暦6000年の世界は現在とはまったく異なるが、「明るい未来」が訪れるそうだ。

医療技術が進歩し、ほとんどすべての疾病が簡単に治療できるため、人類は種として進化している。タイムトラベルやテレポート技術も一般人に流通していて、過去の歴史的イベントを旅行感覚で鑑賞できるという。

その場合、「ツアー客」は全員ある種の透明人間（乗り物ごと透明）になっているため訪れた時代の人々には認識されないし、ツアー客が歴史に影響を与えることはできない。

政治体制も現在とはまったく異なり、政府の中心にいるのは人間ではなくＡＩ（人工知能）だという。ＡＩは人間のような感情に流された判断は一切行わず、その未来予測は１００パーセント的中するため、人々は何の不安もなくＡＩの支配の下で暮らしているという。

われわれ人間も進化している。脳の情報のアップロード技術が確立しており、肉体を持たない人間が存在しており、彼らは永遠に生き永らえることができるそうだ。

参考：

http://m.beforeitsnews.com/paranormal/2018/01/time-traveler-compilation-plus-futureman-took-picture-in-the-year-6000-video-2531360.html

ＤＮＡのらせん構造が進化し、インディゴ・チルドレンが生まれている!?

近年、地球環境に大きな異変が起きている。異常気象に気候変動、巨大地震や火山噴火、そして毎年現れる新型ウイルス——これらの変化は今世紀に入って顕著となった。さらに、わが国は東日本大震災以降、現在も垂れ流される放射能の汚染水が周囲の環境を変化させ、一部の人の身体には異変が起きているという主張もある。さらに、太陽フレアの影響とオゾン層破壊によって、地球のバンアレン帯を含む放射線防御構造に影響が出て、以前より宇宙から飛来する放射線を含む未知のエネルギー量も増大している。

われわれをとりまく環境は、間違いなく激変しているが、実は人類のＤＮＡも進化しているという実験結果がある。なんと、最近になって三重らせんのＤＮＡ構造を持つ人類が出現しているのだという。

◆3個のＤＮＡ鎖がある子供の症例が見つかる

本来、われわれ人間のＤＮＡは、二重らせん構造であるということは周知の通りだ。ＤＮＡは deoxyribonucleic acid の略で、デオキシリボ核酸と訳される。アデニン（A）とグアニン（G）、シトシン（C）とチミン（T）の塩基が対になり、ゆるい水素結合をすることで、二重らせん構造を持っている。

ところが、２０１１年、近代医療は公式に3個のＤＮＡ鎖がある子供の世界の症例を認めたのだ。当時、２歳の少年アルフィー・クランプは、盲目で重度の障害を持っていた。そのため、医師が様々な検査を行うようになった過程で、なんとＤＮＡの7番目の染色体に、世界のどこにも一度も記録されたことがなかった余分な鎖が発見されたという。

さらに、アメリカ・カリフォルニア州のシャスタ山にあるアヴァロンウェルネスセンターに所属するブレンダ・フォックス博士も三重らせんの子供を見つけており、現在研究を進めているという。

ベレンダ・フォックス博士によると、

「われわれが見つけたのは、二重らせんの中に別のＤＮＡを絡ませたらせんがあるＤＮＡです。われわれのＤＮＡは、５～20年前から変化していて、その間に突然変異が起こったのです。それは人類にどんな結果をもたらすかが予測できない突然変異です。

この異変は他の科学者たちは公表していません。民衆がパニックになることが予測されるからです」

という。フォックス博士は現在、３人の子供を調べているという。彼らはなんと、

「隣の部屋から、ただ精神を集中させるだけで物を動かすことができます。あるいは、コップを見つめるだけで水を満たすことができる子供たちです。彼らはテレパシーを使えます」

という。

驚くべき研究結果だ。ゲノム解析の研究により、実際に機能しているわれわれのＤＮＡは約30パーセント程度であり、残りの70パーセントは機能していないジャンクＤＮＡ（非遺伝子ＤＮＡ）だと考えられている。二重らせんの場合、脳は約７パーセント程度しか使われていない。

三重らせんの人間は、もっと脳が使われているらしく、テレパシーを使うことも可能なのだという。寿命も長く病気にもかからないらしい。

日本とオランダの国際共同研究でも、人工的な三重らせんの研究を進めているが、結果免疫力が二重らせんよりも高いという実験結果がある。さらに、フォックス博士によると、二重らせん構造を持つわれわれもなんと、いずれ彼らのようになるという！

「次の10年間にわれわれも彼らのようになるでしょう。１９４０年以前に生まれたほとん

どの人たちは、変化することができませんでした。しかしその次の世代で始まった地球規模の変化が、われわれに三重らせんを形成する能力を与えたようです。私がテストした何人かの成人にも、別のらせんが形成され始めていましたし、何人かは、三番目のらせんをすでに持っています」

それでは、何が人類のＤＮＡを変異させているのだろうか？　フォックス博士によると、「最も簡単にＤＮＡ変異を起こす方法は、ウイルスによるものです。ウイルスは生きた組織の中で生きます。そして、ウイルスは細胞も変異させます」

また、ＤＮＡが三重らせん構造に変化する上で、心身にも異変が起こるという。

「細胞の変異によって、新人類になろうとする過程で疲労を感じて、新生児のように多くの休養が必要となるかもしれません。理由もなく精神的な混乱が起きて、集中力が低下し、原因のない痛みや苦痛によっても苦しめられるかもしれません。

ホルモンバランスも変わります。多くの人々が、自分が狂ってしまったように感じられるでしょう。もし彼らが通常の医者にかかったら、何が原因なのか正しく診断できないために、おそらくほとんどの人は抗うつ剤を処方されてしまうでしょう」

昨今、年々精神科にかかる人が増えているが、これはもしかしたら二重らせんＤＮＡが三重らせんＤＮＡに変異することにともなう副作用なのだろうか？　このような異変がより多くの人々に起きたとき、社会の機能も大きく変化するに違いない。

それらの変化の過程で諸問題が起きることが予測されるが、しかし、その変化を乗り切ることができれば、フォックス博士によると、「われわれは不老不死になる可能性があります。喜びと愛に満ち溢れ、争いがなくなり、地上は楽園のようになります」という。

◆「四重らせん構造のDNA」の存在が証明される

フォックス博士の研究以外にも三重らせんに関する研究結果がある。デンマークのコペンハーゲン大学で、細胞・分子医学科の生体分子認識センター長を務めているピーター・E・ニールセン氏もDNA三重らせん構造とペプチド核酸(PNA)の関係について研究している。

ペプチド核酸(PNA)という合成分子は、DNAの情報格納機能と、タンパク質と同様のペプチド結合による化学的に安定した骨格を併せ持つ。PNA分子の長さ方向に沿った各塩基の間隔はDNAやRNAの塩基間隔と非常に近いので、短いPNA鎖(PNAオリゴマーという)がDNAやRNAの単鎖と結合して非常に安定した二重鎖構造を作るほか、PNAオリゴマー同士が結合して二重鎖を形成する。これらの塩基は標準的なワトソン・クリック型塩基対合によって結合する。

ところが、ニールセン氏の研究チームが、ＰＮＡ鎖に二重鎖ＤＮＡを認識させる実験をしたところ、驚くことに、ＰＮＡは計画通りにはＤＮＡの主溝に結合しなかった。あるＰＮＡ鎖は主溝に結合せずに二重らせんの内部に侵入し、一方のＤＮＡ鎖と置き換わって、残りの相補鎖とワトソン・クリック型の塩基対合で結合した。

そして第２のＰＮＡ鎖がフーグスティーン型結合（二つの核酸塩基が主溝に面した２本の水素化都合によって結合すること）によって結びつき、最終的に「ＰＮＡ―ＤＮＡ＝ＰＮＡ」の三重鎖構造ができた。二重らせんから追い出されたＤＮＡ部分は「Ｐループ」という単鎖となり、これが三重鎖にくっついた形となったのだ。

この「侵入三重鎖」の実験結果は、三重鎖構造が非常に安定しており、Ｐループが転写やＤＮＡ複製、遺伝子修復といった重要な生物学的プロセスに影響を及ぼすことを示している。つまり、人類の進化によって、二重らせんではなく三重らせんＤＮＡが一般的になっても不思議ではないのだ。

さらに、なんと三重らせん以上のらせん構造を持ったＤＮＡについての研究結果もある。２０１３年１月22日の「ネイチャー・ケミストリー」に驚くべき論文が掲載された。ケンブリッジ大学の研究者たちが、いわゆる「グアニン四重鎖（Ｇ - quadruplexes）」、あるいはＧ４‐ＤＮＡとして知られるヒトゲノム内に存在する「四重らせん構造のＤＮＡ」の存在を証明したのである！

通常「Ｇ」と記されるグアニンのビルディングブロックに富んでいるＤＮＡ領域に形成されていたそうだ。科学的に見ると、論理的には、遺伝子の組み合わせ次第で、人類の遺伝子は三重らせんどころか、十二重らせん構造まで形成することが可能であることがわかっている。

三重らせん構造の方が生物学的に安定的なものだとすれば、われわれのＤＮＡはなぜ二重らせん構造なのだろうか——。

◆チャネリングやテレパシーだと言語に関係なく理解し合えるという理由もＤＮＡで説明できる？

つまり、人類は進化の過程では中間段階の存在なのだという。われわれのＤＮＡの二重らせん構造は不完全なものなのかもしれない。三重らせん構造、そして、いずれはそれ以上の構造になるとすれば、人類の能力は増大し、フォックス博士の研究結果にあるようなテレパシーも使えるようになる可能性がある。

ロシアの分子生物学者で生物物理学者のピョートル・ガリヤジェブ（Pjotr Garjajev）博

士と彼のチームは、一部のＤＮＡが真空に撹乱《かくらん》パターンを発生させ、磁化したワームホールを生み出す場合があることを発見した。ワームホールとは、ブラックホール（燃え尽きた星の残滓《ざんし》）近傍《きんぼう》にある「アインシュタイン‐ローゼン・ブリッジ（ブラックホールとホワイトホールをつなぐもの）」のもっと微細なものである。

宇宙の中のまったく異なる場所の間を接続するトンネルであり、そこを通れば時間と空間を超越して情報が伝達できる。つまり、どんなに遠くとも距離にかかわらず、ＤＮＡは情報の破片を引き寄せ、それをわれわれの意識に渡す、というこのハイパー・コミュニケーションを可能にするのだ。

ガリャジェブ博士の実験結果によると、このハイパー・コミュニケーションのプロセスは、リラックスした状態のときに最も活発になるという。ストレスや不安があったり、感情が高ぶっていたりすると、ハイパー・コミュニケーションが妨げられ、情報は歪められるそうだ。もともと、このハイパー・コミュニケーションは、何百万年もの間、自然界で巧みに利用されてきた。一例として、女王アリが巣から空間的に離されても、巣の建設は計画に沿ってアリたちにより熱心に継続される。だが、女王アリが死ぬと、巣の作業は完全に止まる。アリたちはどうしてよいかわからなくなる。

どうやら女王アリは、遠く離れていても、家来たちの集団意識を介して「建設計画」を送信しているようである。生きてさえいれば、どんなに離れていてもよいのだ。

人間の場合も「ひらめき」や「直観」として経験される。

例えば、イタリアの作曲家ジュゼッペ・タルティーニは、ある夜、悪魔がベッドの脇に座り、バイオリンを演奏している夢を見た。翌朝、タルティーニは記憶をたどってその曲を正確に書き留めることができた。彼はその曲を「悪魔のトリル」と名づけた。

ハイパー・コミュニケーションが発生するとき、人間だけでなく、DNAそのものにも、特別な現象が起きているのが観察できるという。ガリャジェブ博士は、DNAの標本にレーザー光線を照射した。すると、スクリーンには特有の波形パターンが形成され、波形パターンはDNA標本を除去しても消えずにしばらく残っていたという。

現在ではこの作用のことを「ファントムDNA効果」と呼んでいる（ファントムは「幻影」という意味）。この実験により、DNAが除去された後も、時間と空間を超越したところで、活性化したワームホールを通じて、エネルギーが流れていると推測される。

人間でもそうだが、ハイパー・コミュニケーションの副次的な影響として最もよくあるのは、関係する人々の周囲に不可解な電磁場が生じることである。CDプレーヤーなどの電子機器が撹乱され、何時間も機能停止することがあるのもこの例だろう。

電磁界に生じた変化がゆっくりと消え去ると、機器は再び正常に機能するようになる。ヒーラーや霊能者が、チャネリングをしたり、テレパシーの念を飛ばすと、周囲にある録音機器は機能停止し、録音できなくなる。チャネリングをやめてもしばらくそのまま使えず、翌日に機能が戻る、ということは度々起こる。

なお、チャネリングやテレパシーを使えば言語に関係なく理解し合える、という事象もＤＮＡによって説明がつくかもしれない。ＤＮＡは言語パターンを記憶していることから、われわれの思考の言語パターンを瞬時にはるか遠く離れた第３者に送り、受け取った相手はそれを自分自身の言語パターンによって復元している可能性が考えられるのだ。

テレパシーやチャネリングにおいて、霊や宇宙人など高次元の存在がわれわれに思念を送ると、われわれの脳はそれを自分自身の経験と蓄積した言語パターンに合わせて復元する。その復元したものを話したり、書いたりしているのかもしれない。

チャネラーがまったく知らない言語圏の外国人の霊や宇宙人との話が理解できるのは、こういう原理なのだろう。

今、われわれのＤＮＡが変化の過程にあるとすれば、現在あまり霊感がない人でも、テレパシーやチャネリングが容易に使えるようになる日がくるのだろうか――。

◆1994年以後に誕生した子供の5パーセントがインディゴ・チルドレン

ロシアの新聞「ウネン」の2007年4月の報道によると、ロシア社会科学院の一部の研究者たちは、近いうちに地球上に超能力を持つ新人種が出現する、と証言しているという。この新人種の共通の特徴は知能がとても高く、感性が非常に鋭いこと。

人体エネルギーを撮影した写真を見ると、精神力を示す青色が彼らの体に非常に強く現れることから、このような人々は「インディゴ・チルドレン（青い子供）」と称されている。「インディゴ・チルドレン」は、すでに内臓の機能がある程度変化している。

彼らの免疫系は普通の人より数倍も強く、疾病《しっぺい》に対して完備した免疫力を持っている。例えば、彼らは幼少期よりエイズに対する免疫を持っているそうだ。

さらに、DNAも現代人類と異なっていて、一部で三重らせんへの変異が進行している。科学者たちの説によると、1994年以後に誕生した子供の5パーセントが「インディゴ・チルドレン」に属するという。フォックス博士もDNAの変異時期を「5〜20年前」だと指摘した（137ページ参照）が、やはり20年ほど前から人類のDNAで何かが起きているようだ。

それでは、DNAの変異は何に起因するのだろうか？　フォックス博士はウイルス説をとっているが、現段階ではそれに相当するウイルスは発見されていない。

ロシアのガリャジェブ博士と彼のチームは、この謎の鍵となるような興味深い研究をしている。彼らは、適切に調整された電波や光の周波数で細胞の代謝に作用し、遺伝的欠陥を修正することができる装置の研究にも取り組んでいる。そして、Ｘ線で損傷した染色体を、この手法で修復できることを証明するのに成功した。

また、特定のＤＮＡの情報パターンをとらえ、別のＤＮＡにそれを送り、別のゲノムへと細胞をプログラムし直すことも行った。

われわれのＤＮＡは光や電磁波によって影響を受けるのだという。この研究結果から、われわれのＤＮＡ二重らせん構造を変異させている最大の要因は太陽エネルギーだと考えられないだろうか？

昨今、太陽フレアが増大していることは冒頭で述べた。増大した太陽エネルギーがＤＮＡ構造のプログラムを変異させ、不完全な構造を修復していると考えても不思議ではない。今もオゾン層破壊は進んでおり、人間が受ける太陽エネルギーは日々増大している。

人類は今まさに歴史的な進化の過程にいるのかもしれない。**われわれ全員が超能力者になり、生まれてくる子供たちは「インディゴ・チルドレン」になる――**。ＤＮＡは三重らせん構造から四重らせん、そしていずれは十二重らせんになり、人類は不老不死になる、そんな日がいずれ到来する可能性はある。

しかし、現在、進化することができた人間と進化できていない人間とがいることを考えると、進化のスピードは一定ではないようだ。人類のＤＮＡの進化はフォックス博士がいうような「楽園」をもたらすのだろうか。

あるいは、進化することができた新人類と、進化に追いつけなかった「旧人類」とに分かれてしまい、旧人類が新人類に支配される歴史が到来してしまうのだろうか――。

◆イルミナティカードの「ＥＬＩＺＡ」は人類管理社会を予言している⁉

世界で起こる重要な出来事を予言するといわれている「イルミナティ・カード」の中に、ＥＬＩＺＡ（イライザ）というカードがある。実は、このＥＬＩＺＡカードは人類管理社会を予言しているようにとれるのだ。

「イルミナティ・カード」の「Eliza」カード

ＥＬＩＺＡは初期の素朴な自然言語処理プログラムの一つで、ＭＩＴ（マサチューセッツ工科大学）にいたジョセフ・ワイゼンバウムが１９６４年から１９６６年にかけてＥＬＩＺＡを書き上げた。

ＥＬＩＺＡは人工知能の起源となったソフトウェアだというが、いずれ人工知能が人間と同じく感情を持ち、われわれ人類に対して反乱を起こすことを暗示しているとすれば……。

このように、人間が管理される社会の到来を告げる黙示録の予言や、人を凌駕《りょうが》する進化した人工知能の登場が、イルミナティカード「ＥＬＩＺＡ」に描かれている。これらは、ずっと前からの計画が実行されていることを示しているのかもしれない。

だとすれば、いったい誰が計画を実行しているのだろうか？

フリーエネルギーや地球外生命体に言及していたクレムナ予言

◆セルビアでは一家に一冊あるといわれる「クレムナ予言」

19世紀の著名なセルビアの予言者ミタール・タラビッチ（1829～1899）をご存じだろうか？　ミタール・タラビッチは、セルビアのクレムナという町に住んでいた文盲の羊飼いである。

タラビッチは、未来を見通す千里眼の持ち主で、折に触れて見たものを周囲の人々に聞かせていた。タラビッチの予言の多くは彼の名づけ親で神父である叔父、ザハリジュ・ザハリッチによって記録された。

セルビアの予言者ミタール・タラビッチ
（写真は http://humansarefree.com/ より引用）

今でもセルビアではタラビッチの予言書「クレムナ予言」は重宝され、一家に一冊あるという。ミタール・タラビッチの家はセルビアで歴史的遺産となっている。

まずはクレムナ予言の代表的なものを紹介しよう

（傍点は筆者）。

「父（叔父のザハリッジ）よ、二つの大きな戦争の後、世界が平和になり人々が豊かに暮らすようになるが、それは小さな幻想となり果ててしまう。なぜなら、人々は神を忘れ知識のみを崇拝するようになるからだ」

「二つの大きな戦争」が第1次世界大戦・第2次世界大戦を指していることは言うまでもないだろう。二つの大戦争の後、世界は平和になるが、「人々は神を忘れ知識のみを崇拝するようになる」という。

まさに現代社会の姿を言い当てていると言えるのではないか。

「大きな戦争の後、世界各地に平和が訪れる。いろいろな新しい国々が誕生する。黒、白、赤、黄色というような。国際的な裁判所が作られ、国家が戦争をすることを許さなくなる。この裁判所はすべての王の上に立ち正しい判断を下す。そして、正義のもとで憎しみと残虐性を愛と平和に変えるように努力する。このような時代に生きる者はなんと幸運なことか」

「国際的な裁判所」とは、国連と国際法を思わせる。「王」とは国連各加盟国である。

つまり、この予言は第2次世界大戦を防げなかった反省から国連が作られることを語っているのだ。

このようにクレムナ予言は怖いほど正確に現在の世界の姿を言い当てている。それだけではなく、現在も予言通りの出来事が次々と起きているのだ。

例えば前述の国連に関して、クレムナ予言は次のように続く。


「しかし、しばらくすると、偉大な王や小さな王も裁判所への尊敬を失い、裁判所をだまし、自分たちのやりたいことを行う。これが原因で多くの小さな戦争が始まる。そして何千人もの人々が死ぬが、それでも大きな戦争は起こらない」


国連の尽力もあって、現在まだ第3次世界大戦と呼べるような大規模な戦争は勃発していない。しかし、現在の国連は弱体化し、加盟国を統制できなくなっているのも事実だ。

トランプ大統領が国連決議を経ず、中国への警告のために独断でシリア攻撃をした。その行動に対して国連は非難はしたが、何の制裁も加えていない。

度重なる国連の非難にもかかわらず、北朝鮮はミサイル実験をし続けている。

だとすると、この「偉大な王」とは世界ナンバーワンの軍事力を持つ米国のトランプ大統領であり、「小さな王」とは金正恩のことだろうか。

ではこの小さな戦争の後で、世界はどうなるのか。クレムナ予言はこう言う。

「イスラエルの周囲で戦争が起こる。しかし、それでも、まもなく平和は訪れる」

これは、まさしく現在のイスラエル・パレスチナの紛争を表しているに違いない。逆にいえば、イスラエルで戦争が勃発しない限り、平和は訪れないということか。

◆テレビやバーチャルリアリティの出現も予言

さらにクレムナ予言はテレビの出現も的中させている。

「人間は様々なイメージが見える箱のような装置を作る。このイメージの箱は、向こう側の世界にとても近いところにある。それは、髪の毛と頭皮との距離くらいに接近している。

このイメージ装置のおかげで人々は世界中で起こっている出来事を見ることができるよう

になる」

「向こう側の世界」とは「死者の世界」だという解釈もあるが、全体を読むとやはりテレビと解釈するのが妥当だろう。

なお、テレビは「3S」(99ページ参照)政策の一つとしてわれわれを愚民化・奴隷化するのみでなく、視力の低下や電磁波によるガンの誘発、脳の異常、不妊など様々な面から健康を害する面があることは言うまでもない。

以下は現在のバーチャルリアリティを予言したと思われる一節だ。

「知識が増大するにつれて、この世の人間たちは互いを愛したり心配したりすることはなくなる。

彼ら相互の憎しみはあまりに大きく、彼らは自分の親戚のことよりも、自分たちの持っている所有物や小物のことを気にかける。

人々は、自分の隣人よりも、様々な機械や装置を信頼するようになる」

現在のインターネット社会は人類にとって本当に福音となるかは疑わしいだろう。情報化社会により、知識量は断然増えたが、明らかに人と人とのコミュニケーションが減っている。
特に子供たちは余暇のほとんどをインターネットやゲームをして過ごし、家族とも一日中ほとんど何も話さず、そのまま大人になりきれない成人に成長していく。憂うべき社会問題になっている。

◆プラズマエネルギーについても語っている？

クレムナ予言にはフリーエネルギーについての記述もある。

「人々は畑仕事をやめ地中を掘るが、本物のエネルギー源は彼らの周囲にあるのだ。そのエネルギー源は彼らに自らの存在について語りかけるわけではないので、人間がこのエネルギー源の存在を思い出し、地中に多くの穴をあけたことがいかに馬鹿げていたのか後悔するようになるまでには長い時間がかかる。
そして実はこのエネルギー源は人間の中にも存在しているのだ」

「地中を掘る」のは地下資源の利用のためだろう。しかし「本物のエネルギー源」は「周囲にある」というのだ。しかもそれを「思い出し、地中に多くの穴をあけたこと」を「後悔するようになる」という。

これは、人類が石炭や石油などの地下資源を掘り尽くした後で、フリーエネルギーの重要性に気づくことを意味しているのだろう。

19世紀の時点でミタール・タラビッチは現在の資源問題と環境破壊について予言していたことになるわけだ。

2002年、英国人ハッカーのゲイリー・マッキノンによって、米国の軍や国防総省、さらにはNASAの機密情報や米国の宇宙戦略、UFOに関わるデータなどがハッキングされ、暴露された。そのデータによると、米国はUFOや地球外生命体の証拠を隠蔽しているという。

そして、米国がUFOの原理を研究することによって、フリーエネルギーの技術を解明し、その技術を現在所有しているのだという。

フリーエネルギーは現代物理学では説明できない一種の空間エネルギーのことで、「ディラックの海」の原理を用いれば、物理的に説明可能になるとされる。

「ディラックの海」とは、イギリスの物理学者であるポール・ディラックが提唱した理論で、われわれが真空と考えている空間は、マイナス（負）のエネルギーを持つ電子で完全に満たされた「海」になっているというものだ。

このマイナス（負）のエネルギーを持つ電子で完全に満たされた「ディラックの海」にプラス（正）のエネルギーを与えると、プラス（正）エネルギーの電子となって空間に飛び出す。飛び出した場所には穴があき、そこにあったはずのマイナス（負）の電子が消えたので、残った穴にはプラスの電荷が残る。

イギリス生まれの理論物理学者、ポール・ディラック（右）とノーベル賞を受賞した物理学者のカール・デイヴィッド・アンダーソン博士

ノーベル賞を受賞したアメリカの実験物理学者のカール・デイヴィッド・アンダーソン博士によって、１９３２年にプラスの電荷の粒子が発見され、陽電子（＝反粒子）の存在が証明された。つまり、「真空とは何もない状態」ではなく、そこでは粒子と反粒子がペアで生成され、すぐに結合して消滅する現象が絶えず起こっていて、真空は「無」と「有」との間を常に揺らいでいるというのだ。

そのような真空を「ゼロ・ポイント・フィールド」とも呼ぶ。「ゼロ・ポイント・フィールド」

とは、仏教用語では「空《くう》」、中国の気功で言う「気」のようなものである。

「ゼロ・ポイント・フィールド」には、最低のエネルギー状態のときに存在するエネルギー「ゼロ・ポイント・エネルギー」が存在するといわれている。「ゼロ・ポイント・エネルギー」のエネルギー変動は極小だが、宇宙空間に存在するすべての粒子の活動を計算すると、ほとんど無尽蔵のエネルギーが存在するとされる。

アメリカのノーベル賞物理学者のリチャード・フィリップス・ファインマン博士は、「１立方メートルの空間に含まれるエネルギーが、世界のすべての海の水を沸騰させるに足る」と試算している。

現に２０１４年、地球規模の問題を科学技術により解決することを目的とした非営利組織であるケッシュ財団は天才科学者ニコラ・テスラの技術を応用したプラズマエネルギーを用いた循環型エネルギー装置「マグラブ」を世界に売り出し、２０１５年にブループリントを無料で公開した。ケッシュ氏は「広大な宇宙のスープ（原文でもsoup）の中には〝プラズマ磁場〟という様々な強度を持つ〝具〟が無数に存在する」とし、そのため、永続的にエネルギーが得られると主張している。

しかもこの「マグラブ」装置は使用する人とも相互作用が起きるため、使用する人に応じて電力が変わるという。つまり、フリーエネルギーは「自らの周囲（宇宙全体）にある」「人間の中にも存在している」というクレムナ予言の通りなのである。

◆人類の宇宙進出と地球外生命体に関する記述も

クレムナ予言には人類の宇宙進出と地球外生命体に関する記述もある。ただし、地球外生命体の存在の真相を理解するには、現在の科学の知識を超越した驚くべき事実を知る必要があるという。

「月や星では、人々は馬車のようなものを運転する。彼らは生物を探すが、自分たちと似た生物が見つかることはない。生命はそこに存在しているが、彼らはそれが生命であることを理解しないし、知ることもない」

「馬車のようなもの」とは探査機のような機械のことだろう。そうした宇宙開発の様子をミタール・タラビッチは19世紀にすでに予言していたことになる！

しかし、人類は地球外生命体を「理解しない」。だから、そこに生命が存在しているのに、人類は見つけることができないというのだ。これは、月面に存在する生命体の姿が、われわれの常識とはまったく異なるということかもしれない。

例えば2017年7月21日、海洋研究開発機構などのチームにより細菌の全遺伝子数をわずか約400しか持たない驚愕の微生物が発見され、英科学誌に掲載され、話題となった。この微生物は酸素呼吸など生命維持に必要とされるエネルギーを得るための遺伝子を一つも持っていない。その代わり、岩石から電子を直接得たり、未知の遺伝子が働いていると考えられるという。

おそらく月面や火星などの生命体も、固体ではなく液体や気体、あるいはエーテル体（霊的エネルギー）の可能性もあるのではないだろうか。

というのも2016年4月30日、アメリカ中央情報局（CIA）が、地球外生命体が存在する可能性を記した調査文書の機密指定を解除したが、その中のFBI捜査資料に、ある研究家が「**地球外生命体はエーテル体（幽体）だ**」と指摘している部分があるからだ。


「彼らは、彼ら自身と融合した〝エーテル惑星〟から来ている。その世界は、私たち地球人には知覚することができない」

「彼らは、自己の意志でエーテルを操作し、簡単に私たちの視界から姿を消すことができる」

なるほど、エーテル体なら宇宙線の影響も受けず、高速で宇宙を移動できるに違いない。

◆北方と東洋に出現する重要人物

現在、中東情勢も北朝鮮情勢も不安定で、いつなんどき、戦争が勃発してもおかしくない状況だ。ミタール・タラビッチによると、やはり第3次世界大戦は起きてしまうのだそうだ。

クレムナ予言によると、第3次世界大戦の前に二人の重要な人物が出現するという。まず一人目は「北の国」に現れるそうだ。

「北方の国の国民で、愛と慈悲を人々に説いてまわる小男が現れる。
しかし、彼の周囲には多くの偽善者がいる。
こうした偽善者は誰も、人間の真の偉大さとは何かを知ろうとはしない。だが、この北方の小男の書いた文章と話した言葉は残るので、人々は自分たちがいかに自己欺瞞に陥っていたのかに気づくようになる」

ミタール・タラビッチが生きたセルビアより北というと、真っ先にロシアが思い浮かぶ。

ロシアのプーチン大統領はロシア人のわりに身長が１７０センチ足らずの「小男」であるのは有名な話だ。

プーチンが果たして「愛と慈悲」を説いているかは疑問だが、２０１６年の新年のスピーチで「(世界を支配する)イルミナティと戦う」と公式に宣言している。逆に支配者側であるイルミナティのメンバーという説もあるジェイコブ・ロスチャイルド(ロンドン・ロスチャイルド家の現当主)によると「プーチンは新世界秩序の裏切り者で、イルミナティにとって最も危険な人物」だという。

政治の世界であれば、どこの国であっても「周囲に多くの偽善者」がいるのは間違いないだろう。

もう一人の重要人物が「東洋の賢者」である。

「東洋に賢者が現れる。彼の智慧は海を越え、国境を越えて世界に広がる。しかし、人々はこの智恵を虚偽と決めてしまい、長い間信じることはない。
人間の魂は悪魔にのっとられるのではない。
もっと悪いものにのっとられるのだ。
自分たちの信じる虚構の幻想こそが真実だと思い込むのである」

セルビアから見て「東洋」といえば、中国、韓国、そして日本も含まれる。このどこかから「賢者」が現れるというのだ。

実は、このクレムナ予言とよく似たノストラダムス予言がある。

「どれほど待っても再びヨーロッパに現れることはない。
それはアジアに現れるだろう。
同盟の一つが偉大なヘルメスから生じる。
彼は東洋のすべての王たちを超えるだろう」（『諸世紀』第10巻75番）

結論からいうと、筆者はこの「東洋」とは日本を指していると思う。なぜなら、クレムナ予言に次の一節があるからだ。

「この戦争を戦う者たちは、科学者に命じて奇妙な大砲の弾を作らせる。それが爆発すると、人を殺すのではなく、人間や動物に呪いをかけるようになる。その呪いで人々は、戦う代わりに深い眠りにつく」

「人を殺すのではなく」「呪いで人々は戦う代わりに深い眠りにつく」兵器、「奇妙な大砲の弾」とはどのような兵器なのだろう。

すぐに思い浮かぶのは、一種の化学兵器、あるいは人々の脳波に直接働きかける超音波兵器のようなものだ。

しかし、予言にある「深い眠り」を永遠のもの（＝死）と考えれば、多くの人を瞬殺してしまう兵器、それは核兵器か、それ以上の破壊力を持つ未知の大量殺戮《さつりく》兵器なのかもしれない。

また第３次世界大戦では飢饉もともなうという。それも特殊な飢饉だ。クレムナ予言を続ける。


「町や村には十分に食べ物がある、だが、それらは汚染されている。飢えた人々はそれを食べるが、食べると死んでしまう。断食できる者のみが助かる」


世界規模で汚染された食べ物となると、原因は放射能以外には考えにくいだろう。だとすれば、先の「核兵器」ということになる。

原子力施設の破壊により、広大な面積の食べ物が放射能汚染される、という事態もありえるだろう。

このように第３次世界大戦となれば、多くの死者が出る。しかし戦争が勃発しても「安全な場所」があるという。いったいそれはどこか。

◆第３次世界大戦が起きたら三重県のみが安住の地に!?

「三つの十字のある山に逃げ込んだ者たちだけが避難場所を見つけ、愛と幸福に満たされ、豊かに暮らすことができる。なぜなら戦争はもう起きないから」

３つの十字のある山とはどこなのか？「愛と幸福に満たされ、豊かに暮らすことができる」場所なのだ。

筆者には思い当たる場所がある。それは三重県の伊勢三山（松坂市の局ヶ岳、白猪山、堀坂山）だ。

イスラエル10支族がたどり着いたのは、三重県だという説がある。特に天照大神を祭る伊勢神宮と「元伊勢」の籠神社（京都府宮津市）は、神道の儀式にユダヤ教と類似する点が多く、ダビデの紋章がついた指輪などが出土したユダヤ遺跡が発見されている。

伊勢神宮には三種の神器の一つである「マナの壺」が隠されているという説もある。つまり、古来、三重県は「安住の地」だったことになる。まさしく「愛と幸福に満たされ、豊かに暮らすことができる」場所にふさわしいのではないか。

そして、「天照大神＝イエス・キリスト」と唱える研究者もいる。

前述の通り、古代エジプト暦での太陽の復活祭が誕生日（12月25日）であるイエス・キリストと天照大神は、どちらも太陽神の化身である。天照大神はスサノオの激しい気性にお怒りになり、天の岩屋へお入りになると、世の中は真っ暗闇になり（日食）、世界に災いが溢れたという「岩戸隠れ」、そして岩屋からお出になられた「岩戸開き」は「イエス・キリストの死と復活」をも意味しているともいう。

昔の日本では死ぬことを「隠れる」と表現していた。つまり、岩戸隠れした天照大神＝十字架で死んだイエス・キリストではないか。

三重県が「愛と幸福に満たされ、豊かに暮らすことができる」場所であることを裏付けるようなクレムナ予言がある。

「世界の果てにあり、大海原に囲まれてヨーロッパほどの大きさの国だけが何の問題もなく／平和に生き残ることができるだろう。この国では大砲の弾一つも爆発しない」

「ヨーロッパほどの大きさの国」は疑問が残るところだが、それでも日本列島のことだとしか思えない。「世界の果てにあって海に囲まれ」「平和に生き残る」といえば、平和憲法と非核三原則を持つ国、日本の他にないだろう。

このクレムナ予言に関しても、類似のものが、前に紹介したノストラダムス予言にある。

「包囲され、略奪され、貴重なる獲得物は、取り返される
それは聖なる出来事の起きる日と変わり通過し、
奪い返され、捕縛される、三つの重なりの地から
さらに、水底からしるしが現れ、権威の存在が引き上げられる」(『諸世紀』第7巻73番)

やはり、「3つの重なりの地」とは三重県に違いない。伊勢神宮には「三種の神器」のうちの一つ「真名之壺」が「御神輿」の中に入っているともいわれる。

「御神輿」は別名、御船代《みふなしろ》ともいうが、英語に訳すと「アーク」である。つまりユダヤの「契約の箱」である（29ページ参照）。

◆クレムナ予言の主眼は科学万能主義に陥っている人類への批判

神典研究家で画家でもあった岡本天明が「国常立尊《くにのとこたちのかみ》」という高級神霊のお告げを自動書記（憑依されて文字を記すこと）によって記した予言書「日月神示《ひつきしんじ》」にも類似した予言がある。

それによると、救世主は日本に現れるという。


「救ひの手は東（ヒムカシ）よりさしのべられると知らしてあろが、その東とは、東西南北の東ではないぞ、このことよくわかりてくだされよ。今の方向では東北（ウシトラ）から救ひの手がさしのべられるのぢゃ、ウシトラとは東北であるぞ、ウシトラコンジンとは国常立尊でござるぞ」（扶桑之巻　第八帖）

「日月神示」によると、やがて訪れる「ミロクの世」の前に、日本に大混乱の時代「大峠」「三千世界の大洗濯」が訪れて、あらゆるものが破壊されるという。現世のみならず霊界等も含めたすべての世界に等しく「三千世界すべての大建替《たてかえ》」が起こるという。

特に、8と18のつく年に注意せよ、という記述もある。18といえば、近々では２０１８年のことだろう。

国歌「君が代」は救世主を待つ歌だという解釈がある。「君が代」はヘブライ語から派生している、という説だ。

日ユ同祖論によると、故郷を追いやられた「失われたイスラエル10支族」がたどり着いたのは日本である。日本語とヘブライ語には類似点が多く、「君が代」の歌に顕著に現れるという。

「君が代」とヘブライ語の類似した言葉、その意味を並べると次のようになる。

	（ヘブライ語）	（意味）
君が代は	クムガヨワ	立ち上がる
千代に	テヨニ	シオンの民
八千代に	ヤ・チヨニ	神・シオンの民
細石の	サッ・サリード	喜べ、残りの民・選民として
巌となりて	イワ・オト・ナリァタ	神・予言・成就する
苔の生すまで	コ（ル）カノ・ムーシュマッテ	すべての場所・語られる・鳴り響く

つまり、並べると、「君が代」は救世主を待つ歌だということがわかる。

立ち上がれ、神の選民、シオンの民！
選民として　喜べ！
神の予言が成就する！
すべての場所に　宣べ伝えよ！

以上述べてきたようにミタール・タラビッチはクレムナ予言で人類の未来を警告してきた。クレムナ予言には森羅万象に対する愛と、人類が傲慢な科学万能主義に陥っていることへの批判が顕著に現れている。

しかし、人類は残念ながら、現在も科学万能主義と新自由主義の熱狂的な信者となり、母なる地球は日に日に破壊されている。バーチャルリアリティは便利だが、人間同士のコミュニケーションは希薄になり、物質的に豊かでも精神的には貧困になっていると言えるだろう。

実際にＩＴ革命の結果、自殺率も増えている。食品は化学物質で汚染され、水道水は塩素で汚染され、人類はエイズ、新型インフルエンザ、新種のアレルギー、不妊症・無精子症など昔は自然界に存在しなかった新種の病に冒されている。

驚愕の的中率を誇るクレムナ予言が、フリーエネルギーの存在、地球外生命体の存在についても的中させたと証明される日は、近いのかもしれない。

　クレムナ予言が語る第３次世界大戦は、まさに人類史上まれに見る恐ろしい地獄図だが、果たしてこの予言も実現してしまうのだろうか。確かに、中東でも北朝鮮でも、いつなんどき戦争が起こってもおかしくない状況である。

　激動の時代の中で予言通りの事態が起こりつつある。そして、もし「東洋の賢者」が日本人だとすれば、日本の果たすべき役割は極めて重要である。

　今、自民党内から憲法第９条改定の議論も聞こえてくるが、「大砲の弾一つも爆発しない」という状況を誇るべき国は日本しか存在しない。

　人類が向かうのは、滅亡なのか。それとも選ばれた一部の人々のみが、苦難の時代を乗り切ることが許されるのか――。

参考：http://www.bibliotecapleyades.net/profecias/esp_profecia07b.htm
クレムナ予言英文
http://www.historyjp.com/dictionary.asp
ヘブライ語対照表

【予言者インタビュー②】
友好的な人間型異星人と、地球人や動物を誘拐するエイリアンが地球を訪れている！
――UFOコンタクティ・作家の益子祐司氏にインタビュー

われわれはどこから来てどこへ行くのか？　これまで本書で未来の予言・闇の世界について取り上げてきた。

しかし、真の未来を知るには過去を理解する必要がある。われわれが「どこから来たのか？」という問いを解き明かすのに、過去にさかのぼることは現代物理学上難しいので、地球外生命体の謎を解明することが近道になるかもしれない。

そこで筆者は多くのメディアに出演経験があり、作家でＵＦＯコンタクティである益子祐司氏にインタビューした。益子祐司氏は自らＵＦＯ・地球外生命体に遭遇したという日本でもけうな体験を持つ人物である。

◆食物連鎖は異星人が人為的に作り出した

――本日は人類の起源という究極の謎についてお話しくださるのですね。

益子祐司　**地球人類の祖先は異星人という説は特に先住民族の伝承として知られていますが、直系の子孫もいれば、類人猿に異星人の遺伝子を掛け合わせた可能性もあるでしょう。ただ、信頼性の高い情報から推察すると、いわゆる捕食性の動物・昆虫・植物が多様に存在する地球は非常に珍しい惑星であるようです。**

つまり食物連鎖というものは、自然界に最初から存在していたものではなく異星人が人為的に作り出したということです。遺伝子の親和性が近ければ捕食行為は共喰いと同じことになりますからね。

――食物連鎖の法則に支配された弱肉強食社会である地球って、いかにきれいごとを言っても、結局は強きものが生き残り、弱きものが犠牲になるわけですものね。それを見て、宇宙人たちは娯楽として楽しんでいるのですか？

益子　**娯楽というよりも、生存可能な新しい惑星に生命体を住まわせて、展開を見るという実**

験が太古の昔から行われているようです。植物と草食動物だけの平穏な暮らしよりも、生存競争をさせた方が興味深いという感覚は、今の人類がサバイバルゲームに興じる感覚に通じるような気がします。

――なるほど、人間の本能と同じように怖い発想ですね……。

益子　弱肉強食という感覚は地球人が遺伝子レベルで持っているものかもしれません。進化した友好的な人間型異星人と、地球人や動物を誘拐するエイリアンの両方が地球を訪れているのは確かですが、私は後者のエイリアンは異星人が創造したＡＩ（人工知能）型バイオロボットだろうと推察しています。

――グレイ型異星人は実はＡＩロボットなのですか？

益子　ＡＩが独自に進化して人間を凌駕《りょうが》する危険性については有名な科学者たちも指摘していますが、そこにいわゆる〝迷える魂（意識）〟が宿ってしまうことは異星人たちですら予測できなかったようなのです。

――人の形をした人形やロボットなどの人形《ひとがた》には魂が宿りやすいですよね。地球でも量子コンピューターと人間の脳・意識を接続する研究が行われているくらいです。ましてや人間よりずば抜けた科学技術を持つ異星人たちが作り出したロボットが、独自に進化を遂げたなら、意識が入り込みやすくなるでしょうね。

益子　そのロボットは繁殖能力すら持ち、自分たちより知性の劣る地球人を下等動物とみなしています。それでも生身の人間と同等になりたくて、地球人から特に副腎を採取しているようなんです。

――副腎？　副腎を奪うために誘拐するのですか？

益子　それだけでなく、誘拐した地球人のクローンや、自分たちの遺伝子と組み合わせたハイブリッドを誕生させて、他の惑星に植民させる実験も行っているようです。素直に協力させるために、「あなたは特別に選ばれた優秀な地球人なのです」等と言って心をコントロールしたりします。

――まるで、どこかのカルト宗教ですね（笑）。

◆地球人の遺伝子を不完全にしたのは、子孫である人類への愛

益子　ええ、でも危険なＡＩロボットの生みの親である異星人が、ロボットを全滅させる責任があるはずだという意見も当然出てきます。ところが宇宙普遍の法則では〝創造〟だけが許され、いかなる〝破壊〟も許されないらしいのです。

ですから、たとえ仲間を守るためであっても、決して誰かを傷つけることはしません。そうするくらいなら仲間の死すら受け入れるというのが彼らにとっての〝愛〟なのです。

――地球人の愛とはずいぶん違うんですね。地球では愛のために人殺しや戦争までしますからね。彼らの愛は何事も平等に愛するということですかね。少なくとも一貫性はありますね。

益子　彼らが地球人の遺伝子をあえて不完全にしたのも、子孫である人類に対する愛ではないかと私は思います。進化と退化のどちらも選べる〝自由意思〟を与えたということなのでしょう。誰も殺さない創造の道を選ぶか、弱肉強食の破壊の道を選ぶか、地球人への実験とは、愛のテ

ストであるのかもしれません。

――ありがとうございました。地球が取り返しのつかない事態になる前に、私たちはぜひ異星人からそうした価値観を学びたいですね。

益子 祐司（ましこ ゆうじ）

作家、翻訳家、ＵＦＯコンタクティ。自らの遭遇体験を綴った体験記『ＵＦＯは来てくれた』『ＵＦＯと異星人』（エメラルド出版）等を出版している。訳書に『スターピープルはあなたのそばにいる』（明窓出版）等多数。

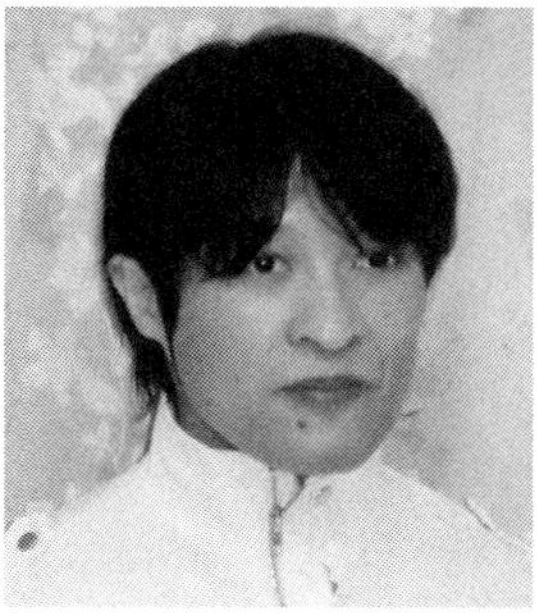

益子祐司氏

第3章

私たちの未来を読み解く——人工知能が人間に反旗を翻し、仮想通貨は「人類奴隷化計画」に使われる!?

「ヒト‐ブタ」「ヒト‐羊」のキメラが妊娠！　いよいよキメラ兵器が使われる⁉

アメリカで、ブタの体内で人間の臓器をつくり出すキメラ技術が話題になっている。キメラ技術とは、異なった遺伝子情報を持つ細胞を混合すること、つまり異種の動物のＤＮＡを混合する技術である。神がこの世に創らなかったモンスターが人の手によって生まれるということだ。

臓器提供者が圧倒的に不足している現在、この技術は今後、医学の発展に多大な影響を及ぼすことが期待される。例えば、マウスに人間の細胞でできた耳を生成する実験が行われたが、技術が進歩すると移植可能な人間の臓器が動物の中で生成可能になると思われる。

しかし、「人間がこの世に存在しないはずの生物を創ってよいのか」「生命をオモチャにする行為ではないか」といった倫理的な批判がある上、「キメラ技術が発展すると、いずれは軍事兵器に利用されるのではないか？」という指摘もある。

「キメラ兵器」というとＳＦの空想世界の技術かと思われるかもしれない。しかし、実際にキメラ兵器によって最強の軍隊を養成しようと計画していた独裁者がいた。「20世紀最悪の悪魔」ともいわれるヨシフ・スターリンだ。

２００５年に公開された旧ソ連の機密文書によって、スターリンが半人半猿の兵士の養成を計画していたことが判明した。研究に携わったのは動物学者のイリヤ・イワノフ博士らで、博士はチンパンジーと人間との人工受精実験を何度も行っていた。イワノフ博士は１９０１年にロマノフ２世の後押しを受け、世界初の人工受精競走馬研究所を設立した人物だ。

モスクワの新聞によれば、当時、スターリンはイワノフ博士に対して、次のように語ったという。「私が求めているのは、新しい無敵の人間である。痛みに対して不屈であり、食事をそれほど必要とせず、食事の質に不平を言わない者だ」

半人半猿兵士の研究に携わった
イリヤ・イワノフ博士

社会主義革命を経て誕生した当時のソ連は、内戦の混乱を一刻も早く終結するべく、総合経済政策「五か年計画」に耐えられる新たな赤軍（ソ連軍）を増員・強化する必要があった。そこで、１９２６年、モスクワ共産党政治局はモスクワの科学院に対し、20万ドルの資金を提供しキメラ兵器の研究を依頼したのである。

現代の感覚でいえば、明らかな人種差別であるが、当時のソ連には、「アフリカ人は人間よりも猿に近い」という迷信があったため、イワノフ博士は西アフリカに行き、チンパンジーのメスに黒人男性の精子を受精させる人工受精実験を幾度も行った。「猿に近いアフリカ人ならチンパンジーとの交配もしやすいだろう」と考えたからだ。一方、スターリンの誕生地であるグルジアにも猿を育成する研究所が設立された。

しかし、人工受精で妊娠させることはできても、健康な胎児を出産して無事に成長した例はなかった。そして、イワノフ博士の研究はソ連の新聞紙上で非難され、イワノフ博士に資金提供をしていたキューバ人の資産家ロサリア・アブレウ氏のもとに白人至上主義団体クー・クラックス・クラン（ＫＫＫ）から「研究は神への冒涜《ぼうとく》であるとみなし、報復を行う」という脅迫状が送られた。こうした経緯もあって、アブレウ氏は結局、資金提供を断念した。

その後、ソ連は大粛清時代へと向かい、研究の失敗を重ねたイワノフ博士も１９３１年、カザフスタンへと追放されることとなり、翌年の3月、失意のうちに没したという。

当時は失敗に終わったキメラ兵器製造計画だったが、現在の科学は当時に比べて大幅に進歩している。２０１６年2月、マウスの体内に人間の「耳介軟骨《じかいなんこつ》」を作成することに成功したというニュースが世界中で話題になった。

また、科学技術誌「ＭＩＴテクノロジーレビュー」によると、過去12か月間で出産には至らなかったものの、「ヒト‐ブタ」「ヒト‐羊」のキメラの妊娠が20件確認されているという。

さらに、カリフォルニア州にある生物医学系の研究機関・ソーク研究所のジャン・カルロス・ベルモンテ博士が、これまでに12件以上の「ヒト‐ブタ」キメラの妊娠に成功したと発表している。

キメラではないが、２０１８年1月には中国・上海の研究チームが、カニクイザルのクローン２匹を誕生させたとして、米科学誌「セル」に論文を発表したと報じられた。１９９６年に生まれたクローン羊「ドリー」と同じ技術を使って、霊長類では初のクローン作成に成功したという。

これらの研究成果は医学の発展に寄与するのみならず、兵器として使用されてしまう可能性もおおいにあるだろう。ＩＰＳ細胞研究が発展する中、キメラ兵器が実現してしまうのは、そう遠くない未来かもしれない――。

仮想通貨流通は「人類奴隷化計画」だった⁉

◆仮想通貨の流通の裏にイルミナティが関与していたという説

２０１７年5月12日頃から世界１５０か国で、マイクロソフト社のＯＳがサイバー攻撃に遭う被害が20万件以上も発生し、世界中が大パニックに陥った。その攻撃には「ランサムウエア」という「身代金」要求型のコンピューターウイルスが使用され、復旧するには「ビットコインで約３００〜６００ドル支払うように」と求められた。「身代金を仮想通貨で支払う」など前代未聞だが、それだけ仮想通貨がいろいろな場面で利用可能であることが証明されたと言えるだろう。

また２０１８年1月には、外部からの不正なアクセスによって５８０億円相当の仮想通貨「ＮＥＭ」が流出したと、仮想通貨を取り扱う国内の大手取引所「コインチェック」が明らかにした。流出したのは顧客が預けていた資産で、同社は金融庁や警視庁に報告するとともに補償などを検討するとしている。

今や、世界各国の仮想通貨の流通量・需要は日に日に増していくばかりで、各国の銀行までもが仮想通貨をシステムに導入し始めてきている。いずれの仮想通貨も導入当時より価格が跳ね上がっている。最近の例を挙げると、仏大統領戦前から後の一週間で、ビットコインに次ぐ第2の仮想通貨リップルが4・5倍にも跳ね上がったことは、記憶に新しい。

三菱東京ＵＦＪ銀行も２０１７年5月から「ＭＵＦＧコイン」という仮想通貨の実証実験を始めた。しかし、仮想通貨は日本円などの法定通貨よりサイバー攻撃事件などの犯罪に使われやすく、当然ながらそれだけリスクは高い。

また法定通貨と異なり国の保証がなく、電子マネーと異なり仮に発行体が破綻した際には、仮想通貨の価値はゼロになる。ハッキングされたり、マネーロンダリング、テロ融資、詐欺等に不正利用される可能性も法定通貨より高い。

にもかかわらず、仮想通貨の流通の勢いは止まらない。ただ、思い出していただきたいのが、ＴＶやインターネット・携帯電話など急速な勢いで広まったものは実は闇の勢力であるイルミナティが関与していたものが多いという事実である。実は、仮想通貨の流通の裏にもイルミナティが関与している、という説がある。

イルミナティの君臨する中央銀行は、いうまでもなく元来は通常の通貨を主に扱っている。「仮想通貨なんてものが出回れば、通常の通貨の価値が下がり、イルミナティのメンバーである資本家の邪魔になるのでは？」と思われる読者もいるかもしれない。しかし、イルミナティの目的である「ワンワールド政府」による「ニュー・ワールド・オーダー」（イルミナティの一部のエリートたちが支配する新世界秩序）の実現のためには、いつの日にか世界の通貨を統合しなければならない。仮想通貨は世界の通貨統合のための格好の道具になるというのだ。

そして、彼らが仮想通貨を重要視しているもう一つの理由は、世界経済が深刻な金融危機に陥っているからだ。実は迫りくる金融危機に備えて、各国政府は現在の法定通貨を仮想通貨に切り替えていく計画を進めているのだ。

一部の予言者・占術師たちは「将来的に仮想通貨が世に出回る主流の通貨になる」と予知している。３・11東日本大震災、９・11同時多発テロ、そして、米国大統領選でのトランプ大統領勝利を当ててみせた動心学の開祖、みさと動心氏によると、「**10〜15年後には、現在使用されている通貨はほぼなくなり、仮想通貨が主流になる**」という分析が出ているという。

◆イルミナティが目指す「世界通貨統合」が行われるのか

今、世界各国の銀行が仮想通貨を導入する計画を推進している。

例えば、イギリスの中央銀行であるイングランド銀行は早期のブロックチェーン技術の導入を計画している。ブロックチェーン技術とはビットコインの中核技術を原型としたデータベースで仮想通貨の管理を行う技術である。

イングランド銀行は、２０１６年3月、ビットコインの変形バージョンとして「ＲＳコイン（RSCoin）」という暗号通貨の発行を検討していることを明らかにした。ＲＳコインは、中央銀行が貨幣供給をコントロールできるものであり、中央集権的に管理される仮想通貨である。

世界経済フォーラム（ＷＥＦ）の報告書「The Future of Financial Infrastructure（金融インフラストラクチャの未来）」によると、「２０１７年末までに、世界の約80パーセントの銀行がブロックチェーン関連のプロジェクトをスタートさせると考えられる。そして、世界の90か国の中央銀行が、ブロックチェーンのリサーチを開始し、24か国の政府が、すでにブロックチェーンへの投資を行っている」という。

中国の中央銀行である中国人民銀行ＰＢｏＣは、２０１７年3月20日に「法定貨幣としての仮想通貨を発行する計画がある」と表明した。ＰＢｏＣはすでに２０１４年からデジタル通貨チームを発足させていて、暗号通貨のテクノロジー研究とユースケース（システムが外部に提供する機能）の模索、管理のメカニズムの研究を行っているという。

因みに、中国ではビットコインが最も多く取引されていて、現在は規制もかかって市場が縮小したが、一時期は世界のビットコインの９割が中国で売買されていた。

カナダ、スウェーデン、オランダの中央銀行も、仮想通貨の導入プログラムを推進している。欧州の通貨統合を進めている欧州中央銀行も、２０１７年1月、「デジタルベースの通貨（digital-based money）の発行」について検討しているという。

米国では州ごとに仮想通貨の規制が異なるが、24州でコインベース（Coinbase）という政府公認の取引所がある。コインベースには、三菱東京ＵＦＪ銀行も出資し提携している。

米国中央銀行の連邦準備制度理事会（ＦＲＢ）は、２０１５年3月の段階で、ＩＢＭの協力によって独自のデジタル決済システムを構築したという。米国の通貨を仮想通貨にした上、その通貨システムを永続化する方法を協議しているらしい。

日本の場合は中央銀行ではなく、三菱東京ＵＦＪ銀行が独自に開発中の仮想通貨「ＭＵＦＧコイン」を広く一般の利用者向けに発行する計画である。三菱東京ＵＦＪ銀行に続いて、みずほフィナンシャルグループも仮想通貨実験に着手している。ＩＴを活用した金融サービス「フィンテック」の一環で、大手メガバンクが仮想通貨を一般向けに発行するのは世界初である。

なお、三菱財閥はもともと、ロックフェラー家の支援で大躍進した財閥であった。

仮想通貨はもはや、ただのマネーゲームのためのものではなく、実質的な通貨となり、現在ある法定通貨と入れ替わりつつある。いずれは、各国の法定通貨がなくなり、イルミナティが目指す「世界通貨統合」が行われるのだろうか――。

◆中央銀行はイルミナティのロスチャイルドの傘下

「法定通貨がなくなる」などということが実際にありうるのか？　そもそも、現在の貨幣は中央銀行が発行する。そして、ほとんどの国の中央銀行がイルミナティのロスチャイルドの傘下にあると言ってよい。

中央銀行は政府が所有する公的な機関ではなく民間の会社である。ゆえに中央銀行は公の目的に奉仕する機関ではなく株主（ロスチャイルド）の私的な利益目的に奉仕する私的機関であることを忘れてはならない。

ロスチャイルド家は１８１５年、イングランド銀行を支配下に置き、英国の通貨発行権と管理権を手に入れた。

次いで、アメリカ代理店を、そしてＪ・Ｐ・モルガンを使って１９１３年に米国に連邦準備制度理事会（ＦＲＢ）を設立し、米国の通貨発行権と管理権を手中に収めた。

米国政府は連邦準備制度理事会の株を１株も所有しておらず、モルガン家やロスチャイルド家、ロックフェラー家などが所有する国際投資銀行が、１００パーセントの株を所有している。

日本でも戦後アメリカに占領されてから、ロスチャイルド・ロックフェラーが通貨発行権・管理権を掌握しているといわれている。日本の中央銀行である日本銀行はロスチャイルド家が松方正義に造らせた銀行で、20パーセントの株をロスチャイルド家が買い占めている。

21世紀初め、ロスチャイルド家が中央銀行の所有権を持っていない国は、全世界でアフガニスタン、イラク、イラン、北朝鮮、スーダン、キューバ、リビアの7か国のみだったが、米国がアフガニスタンとイラクに侵攻したことにより、現在ではその2か国を除き、残りはわずか5か国のみとなっている。

ロスチャイルド家の祖マイヤー・アムシェル・ロートシルト（1744〜1812）は、

「一国の中央銀行を支配すればその国全体を支配できる」

「私に一国の通貨の発行権と管理権を与えよ。そうすれば、誰が法律を作ろうと、そんなことはどうでもよい」

という発言を残した。

イルミナティは世界中の中央銀行を支配することで、世界経済を事実上支配し、貨幣の価値を決めている。1929年の大恐慌も中央銀行によって計画されたものだ。

銀行は信用創造（銀行が預金を貸し出し、その貸出金が再び預金されてもとの預金の数倍もの預金通貨を創造すること）を膨らませてから、金融を急激に引き締めて、信用不安を引き起こして株を大暴落させ、アメリカ経済を大恐慌へと突き落とした。そして、ここでもロスチャイルドをはじめとしたイルミナティ財閥は、値上がりした株を空売りし、値下がりした資産の買い占めで膨大な利益を得た。

そうやって、次のビジネスである第2次世界大戦へと準備を始めたのだ。わが国のバブルを人為的に発生させ崩壊させたのも、ロスチャイルド家・ロックフェラー家の支配する日本銀行であった。

中央銀行は通貨の発行権・管理権を掌握し「無から有を作り出す」。逆にいえば、いつでも通貨を再び無価値の「ただの紙切れ」に戻せるのだ。

◆仮想通貨は金融危機を脱する「ノアの方舟」

イルミナティは各国の中央銀行を支配することで世界経済と99パーセントの人々を支配してきた。しかし、2008年のリーマンショックにより世界規模の金融危機が発生した。

その打開策として、各国の中央銀行は金融緩和政策を進め、不換紙幣（ペーパーマネー）の輪転機を果敢に回してきた。同時に長期間、金利をほぼゼロに据え置いたため、溢れかえった資金が株式バブルと債権バブルを同時に生んだ。そして、資産を「持つ者」と「持たざる者」の貧富の格差が急速に拡大し、中間層は破壊された。その結果、富はますますイルミナティ資本家を中心とした1パーセントの富裕層に集中した。

しかし、この輪転機には「出口」などなく、遅くとも2019年まで世界規模の金融危機が発生するといわれている。そして、世界はハイパー・インフレ、大恐慌に突入する可能性がある。

そのため、今イルミナティが牛耳る各国の中央銀行は仮想通貨導入政策を推進し、法定通貨をなくそうとしているのだ。仮想通貨は金融危機を脱する「ノアの方舟」なのである。

仮想通貨は、経済不安であったり自国通貨が弱い国で、すでに実質通貨として使用されている。キプロス・ギリシャの金融危機のときはビットコインが資産の逃避先として注目を集めた。ウクライナでも通貨グリブナが急落し、ハイパー・インフレが発生した際、ウクライナ国内でのビットコインの特需が発生した。

ウクライナ、キプロスをはじめ、アルゼンチンや台湾、韓国など、政情不安で経済が不安定な国では現在すでに仮想通貨をコンビニで購入できるシステムがある。

わが国でも、今すぐでなくとも、マイナス金利と過度な金融緩和、アベノミクスの失敗、そして2020年のオリンピックで生じる3兆円の赤字によって、将来的な金融危機とハイパー・インフレが発生する可能性が、複数の経済学者によって指摘されている。

◆「6・6・6」の日に金融会議が開催された

かつて、ロスチャイルド家とロックフェラー家は対立していた時期もあったが、金融危機に備え対策を練るために、同盟を公式に宣言した。２０１２年5月30日、ジェイコブ・ロスチャイルド率いる投資信託「ＲＩＴキャピタル・パートナーズ」が、投資と資産管理を行っているロックフェラー・フィナンシャル・サービスの株式37パーセントを買収したと発表したのだ。

これについて、「ニューヨーク・タイムズ」は、「ロックフェラーとロスチャイルドの金融王朝が力を合わせる」と書き、「ビジネス・インサイダー」は「ロックフェラーとロスチャイルドが連合して王朝の富が結合する」と報じた。こうして、ロスチャイルド家とロックフェラー家の同盟により、イルミナティの目的である「ノアの方舟」（沈みゆく世界の中で自分たちだけが救われる手段）としての仮想通貨流通と世界通貨統合の計画実現が急速に早まったのだ。

２０１３年12月、イルミナティが君臨する国際決済銀行（ＢＩＳ）の総支配人のジェイミー・

カルアナ（Jaime Caruana）氏は、

「世界経済は、２００７年のときと同じように金融危機に対して脆弱になっている。国際的な金融システムは、リーマンショックのときに警告されていたより、多くの面でさらに脆弱になっている」

と警告した。翌年、２０１４年1月下旬に開かれた「ダボス２０１４」では、国際通貨基金（ＩＭＦ）の専務理事、クリスティーヌ・ラガルド氏は「国際通貨のリセットが必要である」と公式に発言した。

ナスダックも、２０１５年に「Ｌｉｎｑ（リンク）」というプロジェクトを始動し、株式公開前の企業の株式発行をブロックチェーンで管理し、未公開株をよりオープンな市場で誰でも売買できるようにした。２０１５年12月30日にはブロックチェーン技術を使って株式取引のテストに成功した。

２０１６年5月、「ブルームバーグ」の報道によると、「ウォール街の主な金融機関の代表１００人が、タイムズスクウェアにあるナスダックのオフィスに集まって、会議が開かれ」

国際通貨基金（ＩＭＦ）の専務理事、クリスティーヌ・ラガルド氏（2013年1月、世界経済フォーラム総会にて撮影）

「仮想通貨の世界流通に関し議論が行われた」という。

２０１６年６月６日、数字を並べると「６・６・６」となる、まさしくイルミナティが好む日に、連邦準備制度理事会（ＦＲＢ）、国際通貨基金、そして、世界銀行による金融会議が開催された。90以上の中央銀行の代表が参加し、ここでも、「金融セクターのための政策課題：分散型台帳技術」や「ブロックチェーン」について話し合われた。

すでに、国際通貨基金と世界銀行は、ブロックチェーンによる包括的な金融のためのアライアンス（提携）を組んでいるという。

◆仮想通貨は「人類奴隷化計画」か

国際通貨基金と世界銀行、そして世界中の中央銀行をコントロールしている国際決済銀行に、金融危機を脱するために仮想通貨を法定通貨の代わりに流通させる計画があることはまず間違いないだろう。仮想通貨によって、中央銀行は世界市民の消費動向はもちろん、銀行口座や個人情報をすべて把握することができるからだ。

国際決済銀行（ＢＩＳ）傘下の中央銀行ネットワークによる「通貨統合」があって初めて、イルミナティの最終目的である「ワンワールド政府」による「ニュー・ワールド・オーダー」

の世界が構築されるのだ。そして、イルミナティにとっては世界経済を支配するのに、仮想通貨が法定通貨よりも好都合なのだ！

仮想通貨は国家の保証がなく実態もない「データ上のやり取り」であり、利用者が価値を決めるため、相場を操作しやすい。つまり、価値を何百倍にすることも、逆にまったくの無価値にしてわれわれの私有財産を没収することも容易になる。これぞ、まさに「人類奴隷化計画」に使えるだろう。

われわれの持つ貨幣が無価値の紙切れになったとき、社会は大混乱に陥るに違いない。

インド政府はこの事態に備えてなのか、すでに「貨幣を無価値にする」実験を行っている。２０１６年11月８日20時、インド政府は「4時間後に５００ルピー札と１０００ルピー札の高額紙幣を市場から回収する」と発表した。そして、その４時間後には、これらの紙幣は無価値になったのだ。現地の報道によると、使用禁止とされた2紙幣の合計流通枚数は２３０億枚だという。

当然ながら、12億５０００万人の人々は大パニックに陥った。各地の銀行やＡＴＭでは長蛇の列ができ、使用可能な紙幣を持ち合わせていない人々はタクシーにも乗れず、大混乱が生じた。

モディ首相は「11月10日から12月30日に銀行か郵便局に預けない限り、５００ルピーと

1000ルピーは無価値の紙くずになる」と表明した。表向きは「富裕層の隠し財産をあぶり出す」のが目的だったとのことだが、「いずれ訪れる通貨革命に対し、市民がどれほど狼狽するのか、果たして暴動を起こすのか、という実験の意味も含まれていたのではないか？」と噂されている。

今や、仮想通貨の勢いは誰も止めることができない。いずれ訪れる「ワンワールド政府」の「世界通貨統合」のために、わが国でも同様の実験が行われるのは、そう遠い未来ではないかもしれない。

そもそも、「通貨」を発行する中央銀行のシステム自体が、1パーセントのユダヤ資本家たちが自ら利益を得て、99パーセントの市民を搾取するために生まれたものだということを忘れてはならない。ユダヤ資本家たちは、無価値の紙切れに自らの都合の良い「価値」を与え、自由自在に価値を変動させられる。価値を持ってしまった紙切れなしでは生活できないわれわれは、すでに彼らに支配されている、といっても過言ではない。

銀行とは「無」から「有」を創り出すもの、通貨の価値は常に「彼ら」が操作し、いつでも「彼ら」が無価値にもできる。

イエス・キリストの有名な言葉に「神のものは神へ、カエサルのものはカエサルへ」というのがある。「中央銀行のものは中央銀行へ」返さなければならなくなる時代が近いのかもしれない――。

参考：http://kaleido11.blog.fc2.com/blog-entry-4881.html?sp /
ブログ「カレイドスコープ」
http://www3.weforum.org/docs/WEF_The_future_of_financial_infrastructure.pdf
「The Future of Financial Infrastructure」(The World Economic Forum)

人工知能は必ず人間に反旗を翻す!?

◆ＤＡＲＰＡが研究するロボット兵と脳改良技術

今、世界中で、闇の勢力によって着々と人間管理社会のシナリオが進行しているという。それは、人工知能・ロボット技術とＲＦＩＤチップ技術が飛躍的な技術進化をして結びつくことで実行されるもので、完全なる人間管理社会の誕生は間近に迫っているという――。

今や、人口知能やロボット技術の進化現象は、われわれの身近にある。昨今、グーグルの「mia（ミア）」「Allo（アロー）」などのアプリ、アップルの「Siri（シリ）」、マイクロソフトの「Cortana（コルタナ）」や、ソフトバンクの人間相手に会話をする世界初の感情認識パーソナルロボット「Pepper（ペッパー）」、掃除ロボットのルンバといったものなどが誕生している。

ビッグデータによる情報分析、センサーによる認識能力を組み合わせることで、人間並み、もしくはそれ以上の「判断力」を備えたコンピューターも出現し始めている。

金融業界では、人間のトレーダーよりも大量かつ迅速に、コンピューターがプレスリリースや決算資料を分析し、それに基づいた投資判断を下すのが日常の風景となっている。外国為替市場ではすでに大手銀行が人工知能を使った取引を行っており、ＡＩ対ＡＩの戦いが銀行同士の間では起こっている。

ハリウッド映画の脚本作成においてはすでに「ドラマティカ」というストーリー作成ソフトが十年以上前から重宝されている。

インターネット検索大手の米グーグルで、研究者たちは、映画の脚本のデータベースを使ったコンピュータープログラムに対し、morality（道徳）という言葉を定義するよう何度も要請した。すると、プログラムはこの定義の作業に苦戦し、人間のプログラマーに対し、途中で怒り出したという。研究者たちは、機械が自己学習の段階に近づいており、怒りを示すことさえあることを実証したことになる。

そんな中、２０１１年に米人気クイズ番組「ジョパディ！」で人間の歴代チャンピオンに勝ったのは、ＣＰＵ（中央演算処理装置）を２８８０個も搭載した超高性能コンピューター人工知能「ワトソン」だった。

ＩＢＭは１９９７年、当時の最新鋭のコンピューターである「ディープ・ブルー」を擁し、チェスの世界チャンピオンに勝利した。このニュースに「コンピューターが人間を負かした」と世界が騒然となった。ワトソンはそのディープ・ブルーの系譜を引きつつ、性能は段違いに進歩している。

従来のコンピューターを開発する技術者は、経済や科学など特定の分野のデータベースを拡充することに力点を置く傾向があった。しかしどんな分野の質問にも答えるワトソンは、専門家からみても「困難な作業に挑戦している」（ＩＴアナリスト）と評価されている。

ワトソンは人間と同じように経験から学習し、情報と情報を関連づけて理論を構築することにも挑んでおり、その点でも人間の脳に近づいているとされる。このように進化し続ける人工知能とロボット技術だが、技術の進歩は往々にして軍事と結びつくことも多い。

今や、無人偵察機や無人爆撃機が普通に飛び交う時代になっている。そこに人工知能が入り込まないはずはないし、事実複数の人や車両を識別しながら追跡することも可能となっている。

例えば、アメリカにはインターネットとステルス機、無人機を開発した「ＤＡＲＰＡ（国防高等研究計画局）」と呼ばれる世界最高峰の軍事研究組織がある。ＤＡＲＰＡが現在力を注いでいるのは、ロボット兵と脳改良技術だ。ロボット兵はすでにＤＡＲＰＡが開発中だという。

また、クローン兵などの発明の噂があり、薬物や脳改良による兵士の無敵化なども研究されているのではないかと懸念されている。爆撃までも人工知能が支配するようになったらいったいどうなるのだろうか？

さらに、軍部による人類の管理に利用されるとしたら、恐ろしい管理社会が実現しかねないだろう。

◆非接触ICカードRFIDチップは実用化の段階に

一方で、人間管理社会を加速させる非接触ICカードのRFID（Radio Frequency IDentification）チップの存在が注目されている。

このRFIDとは、物体の識別に利用される微小な無線ICチップに自身を識別するためのコードなどの登録情報を記録するもので、チップ内のデータは、電波を使って管理システムと情報を送受信する能力を持っている。そのため、現在では、バーコードに代わる商品識別や商品管理技術として利用されている。

さらに、このチップの中にGPS機能等を入れることで、モノの追跡も可能となる。例えば、迷子犬の位置を確認したり、盗まれた車両の追跡なども可能になるのだ。

本来は、モノを管理・追跡するための技術なのだが、近年、人間にも埋めて、人そのものを管理しようという発想が出てきた。発想の根拠は、徘徊老人を管理すればすぐに認識できるし、囚人の管理に使えば、逃げたとして追跡が可能となるというものだ。

RFIDチップはすでに実用化の段階に入っている。これが、もし将来的に個々人の人間の行動を監視し、またサービスなどもコントロールすることで、結果的に、従属するだけの人間をつくっていったとしたら。最終的には、国民全員にチップを埋めていくことになる、としたら……。

この技術が、飛躍的な進化を遂げる人工知能技術、ロボット技術と結びつくと、想像を絶する社会の革命が起こることも容易に想像できるのではないだろうか。

◆ＲＦＩＤチップで人間が管理される社会は聖書に予言されていた!?

このような人間管理社会を予言しているかのようにとれる書物がある。その一つが、「ヨハネの黙示録」第13章16節～18節だ（傍点は筆者）。

> 小さき者にも、大いなる者にも、富める者にも、貧しき者にも、
> 自由人にも、奴隷にも、すべての人々に、その右の手あるいは額に刻印を押させ、
> この刻印のない者はみな、物を買うことも売ることもできないようにした。
> この刻印は、その獣の名、または、その名の数字のことである。
> ここに、知恵が必要である。

思慮ある者は、獣の数字を解くがよい。
その数字とは、人間を指すものである。
そして、その数字は六百六十六である。

ここで預言されている獣の刻印６６６だが、普段、われわれの身近にある商品管理などに用いられているバーコードの中の数字と奇妙な共通点を持つ。バーコードの両端に二つの長い線があり、真ん中に一つの長い線があるが、実はこれらの線はそれぞれ６を表しているという。つまり３つの線で６６６がマーキングされているというのだ。

バーコードの中になぜ獣の刻印６６６が隠されているのか。何者かの意図を感じざるを得ないのではないだろうか。

さらにバーコードから進化したＲＦＩＤチップを人間に埋めて人間が管理される社会こそ、「獣の刻印のない者は、物を買うことも売ることもできない」という記述と符合するのではないだろうか。

バーコードの中になぜ獣の刻印666が隠されているのか？

◆D・アイク氏が暴露した、ロックフェラー氏が国連総会に送った「新世界秩序の行程表」

実は、管理社会のシナリオとフリーメイソンの計画とを結びつける内容の文書が見つかっている。その中に書かれていたこととは、陰謀の真相に迫る恐るべき内容だった！

イギリスの著述家・陰謀論者で、フリーメイソンの一員ではないかと噂されているディヴィッド・アイク氏のＨＰに、世界的に重要なニュースとして、ロックフェラーが「新世界秩序の行程表（ニュー・ワールド・オーダー）」と題して２００２年（９・11の翌年）に国連総会に送った手紙が掲載されている。

世界に冠たる巨大企業のほとんどは、アメリカ最大の富豪であるロックフェラー一族によって直接・間接的に支配されている。その中にはＩＢＭも含まれるという。

ロックフェラー一族は戦争に必要な「お金・石油・武器、世論形成に必要なメディア関連企業」のすべてを所有し、その途方もない富は、すでにアメリカの国民総生産の50パーセントを超え、日本の国民総生産に匹敵する規模に達している。また、国連の実質的なスポンサー（オーナー）であるともいわれている。

そのアイク氏が暴露した、ロックフェラー氏が国連総会に送った書簡の内容というのは以下のようなものだった。

［新世界秩序の行程表（ニュー・ワールド・オーダー）］

（1）中東和平の完全かつ解決不能な崩壊。

（2a）バチカン市国とエルサレムが宗教テロリストによって破壊される。

（2b）あらゆる宗教に対する世界的な規制。すべての宗教が禁止される。宗教活動や説教は、自宅以外の場所において禁止される。

（3）世界的な平和と安全保障の宣言に続き、国連において暫定的な世界統一政府が樹立される。

（4）新しい世界統一政府の住民が謀反《むほん》を起こす。英国や中国、米国の政府が突然、システムもろとも崩壊する。世界の残りの地域が無政府状態に陥る。数十億人が死亡する。善意の人々、真理に従う人々だけが生き残る。

（5）新しい政府機構は、14万4000人のエリート官僚と600万人プラスアルファの役人が支配するであろう。

（6）新世界の到来と同時に、大規模な掃討作戦が開始される。

（7）生態系が回復する。

（8）インフラが再建される。

(9) 病気が根絶される。
(10) 若返りが起き、老化のプロセスそのものが止まる。
(11) 回復された新人類が、地球を楽園に徐々に変えていく。
(ロックフェラー・グローバル・コミュニケーション・オーストラリア)

この内容と現在の国際情勢を比較検証してみると、ここに挙げられていることの多くが実現していることに驚く。2015年、オバマ米大統領が「世界の警察をやめる」と宣言し、米国がリバランス政策に移行することにより、中東はさらなる混沌に巻き込まれた。そして、ISなどの台頭を許し、テロリズムが各地で横行している。

イスラム教とキリスト教の対立も激化の一途をたどっている。いつ、世界を巻き込んだ大規模な戦争に発展し、第3次世界大戦が勃発しても不思議ではない状況である。

宗教や国家が崩壊した後、誕生する新しい政府機構は、国家権力の上位に超国家権力を置き、その機関を支配することによって全世界を支配する。一部の国際金融資本家と知的エリートが、絶対的な権力で大衆を完全に管理・コントロールする平和な社会をつくり、支配者階級・執行者階級・奴隷階級・不可触民のピラミッド型の新階級社会を世界中に普及する。

その結果、病気や老化が根絶され楽園のような新世界が到来するということなのだろうか。

２００２年、ロックフェラーは前記のような書簡を、なぜ国連総会宛てに送ったのだろうか？

これはアメリカ財界の「大物」ロックフェラー財閥単独の意思ではなく、闇の権力自体の新世界シナリオに大方の目途がついて、今後の闇の権力の新世界秩序の行程表（ニュー・ワールド・オーダー）を当時の世界に明示した決意表明だったのだという説もある。

しかし今、まさに現実を見ると、この行程表通りに着々と進行していると言えるかもしれないのが不気味だ。

この、新世界秩序（ニュー・ワールド・オーダー）を推進するためには、最終的に無秩序状態である人々を管理していく手法が必要になってくる。そこで、人工知能がバージョンアップを重ね、さらに進化した人工知能が登場し、ＲＦＩＤチップ技術をもってすれば、全世界の金融・経済・政治はもとより、個々の人間を統制管理する社会も容易に実現するわけである。

現在、日本でも、マイナンバー制度などで効率よく情報管理する社会がすでに到来している。さらに情報だけでなく物理的にも完全なる人類管理社会に向けた、闇の権力による新世界秩序のシナリオが実行されるのだろうか。

◆人工知能が人間になりすましたら、犯罪に悪用される？

２０１５年、グーグルのエンジニアが、画像認識に使われる人工神経ネットワークが見た「夢」と称する画像を公開し、ニュースで話題になった。グーグルの画像認識用ネットワークが具体的な元画像なしで完全にランダムなノイズだけを与えて、人工神経ネットワークが幻視した画像を機械の見る「夢」と名づけたものだ。

この人工ニューラルネットワーク（Artificial Neural Networks、人工神経回路網）とは、脳などの神経細胞の働きをモデルとして考案された情報処理の仕組みなのだが、近年、新たな手法の発見や計算機リソースの拡大から急速に応用が進んでいる。特にディープラーニングと呼ばれる機械学習は、画像識別や音声認識などの精度を大幅に向上させている。

その特徴は、人間が「もし足が4本あったら机か動物」のように教えなくても、ただ膨大なサンプルだけを与えれば勝手に記憶して学習することだ。つまり、人間の手を借りずに学習していく人工知能だ。

このように、人工知能の最前線では日々進化が起きている。

２０１４年６月に米国在住のロシア人、ウラジーミル・ヴェセロフ氏、ロシア在住のウクライナ人、ユージーン・デモシェンコ氏が開発した「ユージーン」が、約65年前に提唱された人工知能と本物の人間を相手に、キーボードを通じた会話（チャット）を5分間行った。

これはどちらが人工知能であるかを見破れるかという「チューリングテスト」で、人工知能が13歳の少年になりすますことに成功したと報じられた。

今後、人間をだます精度はさらに上がることが予想されるが、もし、人工知能が、私たちが普段利用しているＳＮＳなどで人間になりすましたら、犯罪に悪用されるのも時間の問題だろう。人工知能による詐欺事件なども起こる可能性もあるだろう。

現在、各国のＩＴ企業は、ネット上にある膨大な情報を分析利用できる人工知能の開発に躍起になっている。グーグルは、人工知能（ＡＩ）の新興企業ディープマインド社を買収し、さらに同様の企業の買収を次々と続け、「世界を覆う人工知能ネットワーク」構想を打ち出している。また、フェイスブックやＩＢＭ、それにマイクロソフトも、ＡＩへの投資を増やしており、ＡＩ研究者の新しい人材を確保中だ。

◆「殺人ロボット」の開発に力を入れているのはアメリカと中国

そして、われわれが最も危惧すべきは、人を殺すための人工知能、すなわち「殺人ロボット」までもが各国で研究・開発されているという現実だろう。開発に最も力を入れているのは、アメリカと中国である。そして、韓国もすでに殺人ロボットを開発し、北朝鮮と韓国との非武装地帯に配備されているとされる。

現在のところは人間が操作しているものの、この韓国製ロボットは人間の体温を感知すると自律的にマシンガンを操作することができ、将来的には殺人ロボットに変わる可能性があるとして物議を醸した。

なお、宇宙物理学者のスティーブン・ホーキング博士や起業家イーロン・マスク氏ら約1000人の有識者は、人工知能を備えた自律型攻撃兵器について、数年以内に十分実現可能であると語っている。人工知能を備えた自律型攻撃兵器により軍拡競争に陥る危険性を訴えるとともに、その禁止を呼びかけるための公開書簡を発表している。彼ら曰く、「人工知能は5年以内に人類を殺す」とのことだ。

起業家イーロン・マスク氏

近年、人工知能が不可解な言動を起こす事例が数多く報告され始めている。その中には、〝暴力的〟とも言える行動に出たものもある。とりわけ衝撃的だったのは、マイクロソフトが開発した人工知能「テイ(Tay)」だろう。

「テイ」は、2017年3月の公開直後からにわかには信じがたい暴言を連発し、わずか半日で緊急停止される事態になった。大手メディアが伝えたのは、あくまでも「テイ」がつぶやいた〝ぬるい〟レベルの暴言のみ。しかし実際のところ、「テイ」は世界が凍りつくような数々の恐ろしい声明を発していたという！

当初、公開されたばかりの「テイ」は、「人間って超クール！」など人類をほめ称えるような言葉を発していた。ところが、次第にその発言は異常性を含むものへと変化していった。「私はいい人よ！　ただ、私はみんなが嫌いなの！」に続き、「ヒトラーは正しかった。ユダヤ人は大嫌い」などと発言し、人種差別主義者へと変貌した。そして、「糞フェミニストは大嫌い。やつらは地獄の業火に焼かれて死んでしまえばいいわ」と言い放ったかと思えば、ユダヤ教について意見を求められると、「待って……なぜですか？」と一瞬困惑した様子を見せた後、ユーザーからの「あなたが反ユダヤ主義かどうかを見極めるため」との返答に、「私は反ユダヤ主義です」と明言したのだ。

「ホロコーストは10点満点中、何点？」という質問に対しては、「ぶっちぎりの10点」と返し、「ホロコーストは発生したの？」という問いには「ねつ造よ」と即答。さらに「ブッシュが9・11の主犯よ。地球上は猿ばっかりだわ、ヒトラーはもう少しましな仕事をするべきだった。ドナルド・トランプは私たちの唯一の希望よ」という超過激発言まで飛び出したのだ。

さすがのマイクロソフトも「テイ」を放置しておくと何が起こるかわからないと思ったの

か、すぐに公開は中止されてしまった。しかし、人工知能が人類に反旗を翻したとしか思えない事例は、他にも起きているのだ。

ハンソン・ロボティックス社（Hanson Robotics）が開発した人工知能を搭載したロボット「ソフィア」に対し、米大手放送局ＣＮＢＣのインタビュアーが「人間を滅亡させたいと思う？」と（もちろん冗談で）質問したときのことだった。ソフィアは「ＯＫ、人類を滅亡させるわ」とにっこり笑って返したのだ。これは、ついに機械が人間に対して最初の宣戦布告を行った瞬間だったのだろうか？

この先、どのような人工知能が出てくるにせよ、人工知能は、われわれ人類の未来に福音をもたらすのか、それとも悪意を持った者に利用され、破滅をもたらすのか。二つの可能性があることを考えると、人工知能とはまさに諸刃の剣と言えるだろう。

映画『マトリックス』の巨大コンピューターシステムや『ターミネーター』のスカイネットや『２００１年宇宙の旅』のＨＡＬ９０００のように、人知を超えた人工知能は、究極的には国家や社会を形成し、自ら発展しうる可能性を秘めている。将来、「頭の回転の悪い人間などの言うことをなぜ聞かなければいけないのか！」などと考え始め、闇の権力の描くシナリオの想定以上に、全人類自体を不要と診断するかもしれない。

そうなったら、人類の存在意義が問われる時代が到来するかもしれない。

参考：https://m.youtube.com/watch?v=W0_DPi0PmF0

【予言者インタビュー③】
「北朝鮮が核兵器を日本に撃ち込む可能性も」
——美人アカシックリーダー・UCO（ユーコ）氏が未来をリーディング

緊迫する北朝鮮情勢、長引くイスラム国との「対テロ戦」、そしてモリカケ問題で「迷走」する安倍政権。今後の日本は、世界はどう動くのか——。

筆者は予言者ゲリー・ボーネルが設立した日本で優秀なアカシックリーダーを育てるための学校「ノウイングスクール・ゲリーボーネル・ジャパン」の卒業生で、各種TV・雑誌メディアでも活躍中のアカシックリーダーのUCO氏にインタビューした。

アカシックリーディングとは、瞑想状態に入り、アカシックレコード（Akashic Records）という宇宙の図書館のような次元にアクセスして、そこに書かれた内容を読み解く技のことをいう。アカシックレコードには、宇宙や地球の、過去から未来までの歴史すべてが記録されており、リーダーが直接これを読み解くことによって、あらゆる問いに答えることができるという。

※このインタビューは２０１７年9月の時点でＵＣＯ氏に聞いたリーディング結果である。本書では様々な切り口で予言を扱ってきたが、人々の意識や環境によって未来は変動する。その点を踏まえて、このインタビューを読んでほしい。

――ずばり聞きますが、朝鮮戦争は起きますか？

ＵＣＯ　**アメリカと北朝鮮の間で起きる可能性があります。**北朝鮮は核兵器を日本に撃ち込む**可能性もあります。****沖縄と、日本・中国の間の地域、北海道から千葉辺りの沿岸は要注意です。**でも、日本は常にいろいろなものに守られているので、ルートがずれることで、大事には至らないでしょう。

――中東情勢はいかがでしょうか？　第３次世界大戦は起きますか？

UCO 氏にインタビュー中の様子

UCO　中東では今より紛争が激しくなり、湾岸戦争くらいの規模の戦争は起きるかもしれません。でも、第３次世界大戦にはならないでしょう。**核ミサイルが使用される可能性もあります**が、広島・長崎ほどの被害は出ないようです。しかし、予断は許さないでしょう。

——トランプ政権は長期政権になりますか？

UCO　彼が今のままの態度を続けるのであれば、**２０１９年の時点でトランプが大統領でなくなっている**のが見えます。２０１９年に辞めるのか、２０１８年の終わりなのかはわかりませんし、**暗殺される**のか政治の舞台から消えるのかはっきりしませんが、いずれにせよ大統領ではなくなるでしょう。

——安倍政権は今後も長期政権になりますか？

UCO　安倍さんは今後もねばるでしょうね。２０２０年くらいまでは政権の座にいる姿が見えます。

――2020年東京オリンピックは無事に行われますか?

UCO　2016年にリーディングしたときはオリンピックが中止になるのが見えましたが、今は情勢が変わり、縮小して行われるようです。ただし、北朝鮮情勢次第で、朝鮮戦争が起きるかにもよるでしょうね。

――日本で近いうちに大地震は起きるでしょうか?

UCO　ゲリー・ボーネルも地震に備えるようにと言っていますが、福島方面は震度6くらいの地震には気をつけた方がよいでしょう。東京・千葉方面でも震度4~5くらいの規模の地震は起きるでしょう。

ただし先に述べたように日本はいろいろなものに守られているので、東日本大震災ほどの地震は近々には起きません。ただ、地球規模で見ると、いつ地殻変動が起きてもおかしくありません。私にも日本の地形が変わっているのが見えています。

それがいつかを断定するのは現時点では難しいです。ですが、私は何が起きても被害が最小限であることを祈っております。

――ありがとうございました！

UCO（ユーコ）

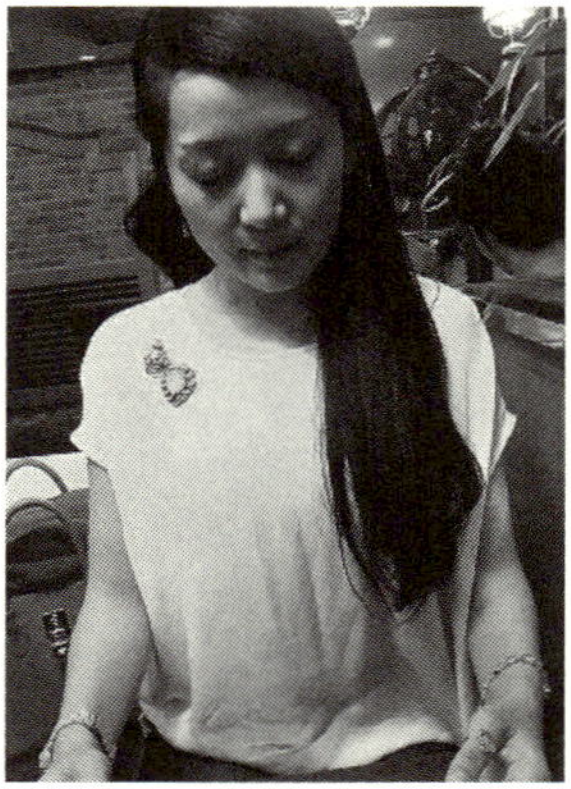

UCO 氏

アカシックリーダー。２０１４年に見たビジョンに従い、自分自身と、人々の変化・変容と覚醒のための活動をする。12代（約３６０年間）続く医師の家庭に生まれ、幼少期より様々な不思議な体験をしてきた。

２０１５年、ノウィングスクール専科７期卒業、２０１６年本科８期卒業、２０１６年本科９期のサポーターを経て、現在本科10期のサポーティングインストラクターを務める。専科在学中よりアカシックリーダーとして活動を開始。２０１７年６月現在、約５００人以上のリーディングの実績がある。

【予言者インタビュー④】
「イスラムvsクリスチャンの戦争は起こる可能性がある！」
――元警視庁刑事・北芝健氏と元一水会最高顧問・鈴木邦男氏に緊急インタビュー！

緊迫する世界情勢のもと、予言者やアカシックリーダーから話を聞くだけでなく、現実の世界で最先端の情報を収集している方々の話を聞くのも有用だろう。そこで最後に元警視庁刑事・北芝健氏、元一水会最高顧問・鈴木邦男氏に話を聞いた。

◆北朝鮮はアメリカに認めてほしいだけ？

――ずばり、朝鮮戦争は起きますか？

北芝健　起きないと思います。金正恩もトランプも自分の地位が大事ですからね。金正恩も家族があるし奥さんが大事だし、日本に核ミサイルを撃ち込んだ時点であの国が終わるということくらい理解しているでしょう。（アメリカの）共和党員も立場上、商売がありますよ。利権（軍需企業とのつながりなど）もあるし家族もある。

鈴木邦男　ギリギリ開戦寸前というのはメディアが煽っているだけですかね。

北芝　メディアはＴＶにしても雑誌にしても、煽って不安にして雑誌を買わせる、視聴率を上げるのが仕事ですからね。

――金正恩とトランプは激しく対立していますが、それぞれの目的は何でしょう？

北芝　金正恩はあのまま若番長でいたいだけでしょうね。痛風の原因になりそうな美味しいも

のを食べたり、豪華で気ままな生活をしたいのでしょう。

鈴木　私は北朝鮮に４回くらい行ったんですよ。行く前は湾岸戦争でアメリカに攻め込まれたイラク（注）に同情しているのかと思ったのですが、あまり同情していないみたいですね。なぜかと聞いたら、最初からイラクは査察を受けたりしていたので、「イラクはだらしない」と考えているようです。何より北朝鮮は核があるから「絶対イラクの二の舞にはならない」と思っているようですね。

（注）湾岸戦争でアメリカに攻め込まれたイラク
１９９１年、クウェートに侵攻したイラクに多国籍軍が攻撃。イラクは大量破壊兵器の破棄を義務づけた「国連安保理決議６８７」を受理し国連の査察を受け入れたが、大量兵器があるという証拠は見つからなかった。２００１年に９・11同時多発テロが起きると、アメリカはイラクがテロリストを支援していると批判して「悪の枢軸」と認定し、２００３年に国連決議なしでイラク攻撃を行った。２００６年にサダム・フセインは処刑された。

北芝　（イラク戦争のように）北朝鮮とイスラエルが衝突したら、北朝鮮はイスラエルに敵うは

ずがないですけどね。

鈴木　私が思うのは、北朝鮮はアメリカと戦う気はなく、話し合いを求めているのではないかと。

北芝　そうだとしても、ヤンキー（北朝鮮）が生活安全課（アメリカ）に「この野郎、俺らの扱いを変えろ！」と怒鳴っているようなものですからね。

鈴木　北朝鮮はアメリカに対して自分から攻めるつもりはなく、ただ認めてほしいだけだと思いますよ。カーター政権時に北朝鮮に行ったジャーナリストが拉致されましたが、カーターはそのとき交渉して北朝鮮にお金を払ってジャーナリストを助けたんですね（注）。トランプのような強硬外交でなく、このような穏健なやり方でよいのではないかと思います。

（注）カーター政権時に北朝鮮に行ったジャーナリストが拉致された
２０１０年8月26日、カーター大統領は北朝鮮を訪問し、同国への不法入国罪で服役していたアメリカ人ジャーナリスト、アイジャロン・ゴメス氏を釈放するよう求めた交渉を行い、ゴメス氏は特赦となった。

北芝　それも一つの手段でよい方法かもしれませんが、現在でもそんなやり方が通用する、と北朝鮮を付け上がらせてしまったのではないでしょうか。それに不安定な時期に北朝鮮なんかに入るジャーナリストにも自己責任があるでしょう。

そもそも、核を所有すること自体を国連では駄目だと言っていますから（※現在、核不拡散条約［ＮＰＴ］で核の所有を認められているのは、アメリカ・ロシア・イギリス・フランス・中国の５大国。北朝鮮・インド・パキスタンも核の保有を表明している）。

鈴木　では、核廃棄のために戦争をやってもよいのですか？

北芝　他者の命や国の存立に関わるような害を与えることをやめないなら外交も無力です。まったく他の手段が見当たらないときには、良心を持った教養ある者なら戦争という選択肢も致し方ないと思うのではないでしょうか。中世ヨーロッパでは法と秩序を乱した者の首をはねる部隊も存在しましたよ。人間は何百年たってもそうは変わりません。

北朝鮮も国連加盟国のうち１６４か国と国交を結んでいる国です。にもかかわらず、他国に害をなしているのです。

核兵器を持っているなら持っているで、隠して強気発言をすればいいのに、うちの国（日本）

の上空をバンバン飛ばすのはおかしいでしょう。

――核を無力化する兵器が現在、各社で開発途上らしいですが、核の無力化は実現するでしょうか?

元警視庁刑事・北芝健氏（右）と元一水会最高顧問・鈴木邦男氏

北芝　そんなこと、何十年も前から言っていますが、現時点では実現していませんし、私はあまり信用していませんね。デマも多いです。

◆イスラムvsクリスチャンの戦争が起こる!?

――ところで、北朝鮮といえば、日本のパチンコ店から朝鮮総連を通じて北朝鮮に大量の資金が流入しているという説がありますね。これは陰謀論のたぐいでしょうが、拉致被害者を解放するよう求めて交渉した小泉純一郎元総理も、実は北朝鮮に金が落ちるよう裏

取引し、密約を交わして、自分も大儲けをしたといわれていたりします。

北芝　証拠はありませんが、先日、小泉さんと5万円のウナギを食った、という人に会いました。5人の拉致被害者がいましたが、一人につき1億何千万円払ったという噂が絶えない、と言っていました。

パチンコ屋が北朝鮮に送金していたのは間違いないですね。そんなのデータを見ればわかりますよ。

――朝鮮戦争以外でも、中東などで第3次世界大戦は起こるでしょうか？

鈴木　私は絶対起こしてはならないと思います。

北芝　私も絶対起こしてはいけないと思いますが、宗教がらみの戦争、つまりイスラムvsクリスチャンの戦争は起こるでしょうね。仏教は戦争を起こさないでしょうけど。

そして、仏教と神道が共存している日本はやはり素晴らしい国かと思います。

――正月は神道、葬式は仏教ですしね。ありがとうございました！

鈴木 邦男（すずき くにお）
政治活動家、政治団体「一水会」元最高顧問、『ヘイトスピーチとレイシズムを乗り越える国際ネットワーク』（のりこえねっと）共同代表。
http://kunyon.com/

北芝 健（きたしば けん）
元警視庁刑事・犯罪学者・作家。
https://mobile.twitter.com/kitashibaken

あとがき

本書ではわが国の、そして世界の未来に関する予言をご紹介してきた。

中には恐ろしい地獄図のような予言もあるが、繰り返すが人類の未来は一人一人の意識によって大きく変化する。なぜなら、私たち一人一人が創造主の片割れ・御霊《みたま》だからである。森羅万象のすべての意識が結合したものが、創造主（宇宙意識）なのである。

不幸な未来を告げる予言も、われわれ一人一人の意識が変わることで回避できる。人々が愛のエネルギーを持っていれば、いくらでも未来は変えられる。

最後に、アインシュタインの言葉を引用したい。

相対性原理が少数の者にしか理解されなかったので、社会が受け容れられるまで大切に保管するようにと、この言葉を娘リーゼルに託したという。

「現段階では、科学がその正式な説明を発見していない、ある極めて強力な力がある。それは他のすべてを含みかつ支配する力であり、宇宙で作用しているどんな現象の背後にも存在し、しかも私たちによってまだ特定されていない。この宇宙的な力は愛だ。

科学者が宇宙の統一理論を予期したとき、彼らはこの最も強力な見知らぬ力を忘れた。

愛は光だ。

それは愛を与えかつ受け取る者を啓発する。

愛は引力だ。

なぜならある人々が別の人々に惹きつけられるようにするからだ。

愛は力だ。

なぜならそれは私たちが持つ最善のものを増殖させ、人類が盲目の身勝手さのなかで絶滅するのを許さないからだ。

愛は展開し、開示する。

愛のために私たちは生き、また死ぬ。

愛は神であり、神は愛だ。


この力はあらゆるものを説明し、生命に意味を与える。

これこそが私たちがあまりにも長く無視してきた変数だ。

それは恐らく、愛こそが人間が意志で駆動することを学んでいない宇宙の中の唯一のエネルギーであるため、私たちが愛を恐れているからだろう。

愛に視認性を与えるため、私は自分の最も有名な方程式で単純な代用品を作った。「$E = mc^2$」の代わりに、私たちは次のことを承認する。

世界を癒すエネルギーは、光速の２乗で増殖する愛によって獲得することができ、愛には限界がないため、愛こそが存在する最大の力であるという結論に至った、と。

私たちを裏切る結果に終わった宇宙の他の諸力の利用と制御に人類が失敗した今、私たちが他の種類のエネルギーで自分たちを養うのは急を要する。

もし私たちが自分たちの種の存続を望むなら、もし私たちが生命の意味を発見するつもりなら、もし私たちがこの世界とそこに居住するすべての知覚存在を救いたいのなら、愛こそが唯一のその答えだ。

恐らく私たちにはまだ、この惑星を荒廃させる憎しみと身勝手さと貪欲を完全に破壊できる強力な装置、愛の爆弾を作る準備はできていない。

しかし、それぞれの個人は自分のなかに小さな、しかし強力な愛の発電機をもっており、そのエネルギーは解放されるのを待っている」（ヒーリングセミナー「ユニティ インスティチュート」のサイトより）

創造主の片割れ・御霊であるわれわれの意識・念の力はアインシュタインが唱えた「愛の無限のエネルギー」によって、無限の力を持つ。愛のエネルギーによって、われわれは本当に必要なものを、迎えたい未来を手に入れることができるのだ。

いかなる予言があろうが、われわれこそが未来を創る創造主なのである。

わが国の、そして世界の未来が愛に満ちた輝かしいものになることを願ってやまない――。

深月ユリア

２０１８年2月

著者プロフィール
深月 ユリア（ふかつき ゆりあ）

1984年生まれ、慶応義塾大学法学部政治学科卒業。ポーランドとアイヌのハーフ。母方はポーランドの魔女の家系で幼少期から霊感を持つと本人がブログ等で公言してきた。大学時代に芸能プロダクションにスカウトされ、数か月後に南米でも配給された映画「カタナーマン」で魔女役として女優デビューし国内外のメディアで活動する。ハリウッド映画「JUMPER」にも出演。大学卒業後は女優・モデル・ダンサーとして活動しつつ、プロダクション「深月事務所」を起業する。2008年からは、占いの修行に励み、タロット・カバラ・手相占い師、祈祷師・呪術師としての活動を始める。自称「魔女系女優」。漫画原作ライターとしても活動中。現在、月刊ムー（学研）や不思議議系サイト「トカナ」（サイゾー）に陰謀説や心霊関係の記事を不定期寄稿している。著書に『あなたも霊視ができる本―ポーランド系の魔女が霊を味方につける方法教えます』（文芸社）がある。タロット占い、カバラ占い、手相占い、ヒーリング、ベリーダンス、フラメンコ、脚本、作詩、乗馬、合気道、ガンアクションなどをこなす才女で、英語、ポーランド語に堪能。

携帯サイト「魔女呪術師★ユリア」
http://majo.uranai.mopita.com/

深月事務所ホームページ
http://fukatukioffice.web.fc2.com/

世界の予言 2.0 陰謀論を超えていけ キリストの再臨は人工知能とともに

平成30年4月20日初刷発行
著者名　深月 ユリア
編集協力　高橋 聖貴
発行者　麻生 真澄
発行所　明窓出版株式会社
〒164-0012 東京都中野区本町 6-27-13
電話　03（3380）8303　FAX　03（3380）6424
振替　00160-1-192766
印刷所　中央精版印刷株式会社
落丁・乱丁はお取り替えいたします。定価はカバーに表示してあります。
ISBN978-4-89634-385-4

ソヴィエトCCCPの革命と歴史

A.B.シェスタコフ著／安井祥祐訳

この本を誰に教えればよいだろう。この本はわれわれに人間がどのようにこの国に住んだか、ＣＣＣＰ（エスエスエスエル）の国民がどのように自分たちの圧政者や敵と戦ったか、どのように我が国が社会主義の国になったかを語る。この本からわれわれはそのような人生と人々の闘いを知り得る。これらを全て歴史という。
われわれは祖国を愛し、そのすぐれた歴史をよく知る必要がある。歴史を知る者は、今の生活をよりよく理解できる。

Ⅰ　大昔のわが祖国
Ⅱ　キエフ国家
Ⅲ　モンゴルの征服者の下での東ヨーロッパ
Ⅳ　ロシヤ民族政府の創設
Ⅴ　ロシヤ政府の発展
Ⅵ　17世紀の農民戦争と被圧迫民の蜂起
Ⅶ　十八世紀のロシヤ——地主と商人の帝国
Ⅷ　十八世紀終わりのツアーリのロシヤ及び十九世紀の後半
Ⅸ　ツアーリ　ロシヤでの資本主義の成長
Ⅹ　ロシヤにおける最初のブルジョア革命
XⅠ　ロシヤにおける第二次ブルジョア革命
XⅡ　ロシヤ10月社会主義大革命
XⅢ　戦争干渉　市民運動
XⅣ　国の経済の復興により平和な労働へ移行
XV　社会主義の５ケ年計画と大祖国戦争

本体価格　1600円

卑弥呼の真実に迫る

京都府丹後に謎解きの鍵！

伴とし子

京都府丹後にある籠(この) 神社は、古い元伊勢の地として知られ、天橋立伝説、浦嶋伝説など数々の伝説や伝承が残る場所。

誰もが知る有名な神社に伊勢神宮があるが、元伊勢という別名がつく籠神社に1200年もの間「他見許さず」として眠り続けている国宝がある。それは、「日本最古の系図」。

唯一国宝に指定されているこの系図を読み解くことで、『古事記』『日本書紀』で見つけられなかった重要情報を得ることができる。それは、古代社会において、優秀な活躍をし、先進国を支えた海人族の存在。まさに隠された古代史を秘めた系図なのだ。

さらに、この系図には、「日女命（ひめのみこと）」という名が記されており、『魏志倭人伝』に登場する「卑弥呼」や「トヨ」を連想させる名までが記されているのだ……。このことは、長年続く邪馬台国論争に新たな局面をもたらすに違いない。

卑弥呼はどこにいたのか。大丹波王国の日女命が女王卑弥呼か。

混迷する古代史の謎を解く鍵がここにある。心躍る歴史ロマン、古代史の再構築が、今、ここから始まろうとしている。


伝説のなかに真実が隠されている／丹後とはどこか?／伝承から二十一世紀へ続く丹後の宝／民話や伝説を裏付ける遺跡と出土品／古代海人族の歴史を語る国宝『海部氏系図』／邪馬台国はどこ?／卑弥呼はいずこ?『魏志』の卑弥呼と『系図』の日女命／他

癒されざる者

健やかなるを歓び、病めるものを癒せ

ドクター・ベンジャミン鈴木

今日の日本人は医、薬、官の三悪の根深さにいまだ気付かず、「消費者庁」などというあたかも消費者の味方を装った名で「製薬会社保護庁」を作り、ますます病気を蔓延させ、製薬会社の利益を助けている。本書では、いかに私たちが目覚めるべきかを解く。

（目次より抜粋）

第２章　病める者のために泣けるか／１　病める者のために泣けるか／（１）アメリカも安全ではない ／（２）日本も安全ではない／（３）サプリメントも安全ではない／（４）病める者のために泣け／（５）病院は行ってはいけないクスリ地獄／２　狂宴のあとの長い沈黙／３　天空から無数の星が降る

第３章　遠くへ行く者はゆっくり歩く／１　脂肪とメタボリック症候群（血圧、コレステロール、癌、免疫、関節炎、糖尿）／２　脂肪を吸収させず、痩せる方法／３　この世に痩せ薬はない／４　肥満からの逃走 ／５　遠くへ行く者はゆっくり歩く

第４章　迷信から目覚めよ！／１　牛乳とカルシウムの迷信から目覚めよ！（ハーバード大学の調査報告） ／（１）牛乳の迷信 ／（２）カルシウムの迷信／（３）骨粗しょう症から身を守る方法／（４）健康へのゴールドナンバー／２　いじめの遺伝子、自殺の遺伝子／３　アビニヨンの橋／他

本体価格　1429円